古埃及文字典

簡明版

福克斯的古埃及學校

薛良凱／著

Fox Concise Egyptian hieroglyphic-Chinese Dictionary

目錄

前言

在使用本字典之前，務必先閱讀以下說明。這裡會簡單講述本字典的緣起、文字收錄的範圍、使用方式，以及相關注意事項，協助你快速學習與查找對應的古埃及文字。

古埃及文在長時間演化中，它的書寫方式經歷過很多種演變，直到古埃及文在公元三世紀左右滅亡之前，至少發展出包括聖書體（hieroglyph）、僧侶體（hieratic）、世俗體（demotic）以及克普特文（Coptic）等等的不同書寫方式與文體。而這些不同文體本身，符號組合、單字、文句解釋與意義並非總是一成不變的，彼此之間不一定能相互轉換，也在不同階段時間內，發生過符號組合與字義上的各種變化。中文讀者可以將書寫方式的不同，想像成類似中文甲骨文、篆書、隸書、楷書等隨著時間書寫確實會發生變化；而字義上的變化，可以類比以前叫「舟」，今日可能習慣稱「船」，而符號組合上「船」這個字就比「舟」多了「儿」和「口」。讀者要明白，在古埃及不同時期中，對同一個事物的書寫方式也在不斷變化。

本字典收錄常見的古埃及文符號約1,000個，發音符號、單字或片語近900個，主要是中期古埃及文（Middle Egyptian）的一些常見「聖書體單字（hieroglyph）」。中期古埃及文是語言學上的分類，時間大概開始於古王國時期末至新王國時期結束。收錄的單字若意義較為複雜、難以理解，會另外註記解說。因為古埃及單字數量龐大，而編輯本字典初衷是利於攜帶，因而許多同義字、變體字與異體字並未全數收錄。在浩瀚的研究之中，讀者應當知道，這本字典所收錄符號、單字、解釋意義等，仍是一個相對較簡略的版本。

每一個古埃及文單字都是由古埃及文符號（hieroglyph sign）所組成，本字典裡使用艾倫．加汀納爵士（Sir Alan Gardiner）在1928年發表的列表與記號方式（也就是俗稱的加汀納符號列表／Gardiner's sign list，已經收錄在本字典裡面）。本書採用的表、內容與編號已經被古埃及文學者改進過，並給予一個固定、統一的「符號代碼」（Gardiner code）。每一個單字，詳細說明是由哪些符號所組成、該符號對應的「符號代碼」是什麼、以及符號的發音音標（關於符號的發音列表，收錄在本字典後面），以方便初學者日後以電腦輸入或查找。

音標的部分，採用學術上使用的古埃及文音標標示[1]，並加註說明。在行文與內容中的音標會另以括號〔〕表示，用以與符號代碼區隔。中文翻譯的部分，僅列出一般用法或較為精簡的解說。

嚴格來說，古埃及文的一字多義、多字一義、變異字、同字不同義、同音不同義的狀況跟中文字非常類似。這對慣用中文使用者來說是一個福音，因為不需要解釋為什麼可以多重解釋，畢竟中文就是這樣運作的。但是對於英語系統使用者來說，理解這種概念應該會很辛苦。

提醒每一位字典的使用者，聖書體使用的期間跨越千年，在這漫長時間段裡，文字、符號與意義都

1 古埃及文音標是接近英語音標，再加上擴充符號所組成。

在不斷變化、演進，你在石碑、壁畫上看到某個符號組合的單字，很可能比這本字典裡的符號還要多出（或少）幾個符號，但解釋意義可能完全一樣。

為了查找、學習方便，這一本古埃及文字典共有六個單元，希望對你學習能有所助益：

一、前言
二、古埃及文的表達方式
三、如何利用本字典
　　建議查找方式
　　加汀納符號列表與英文代碼速查表使用方式
　　注意古埃及文的詞性
四、古埃及文字典
　　法老的名字
　　眾神的名字

五、加汀納符號列表與代碼速查表
六、古埃及文的發音符號
　　單音節符號列表（1- Consonant signs）
　　雙音節符號列表
　　（Biliteral signs/ 2- Consonants signs）
　　三音節符號列表
　　（Trilateral signs/ 3- Consonants signs）

編輯字典遠比想像的困難，龐雜與繁瑣的校對工作下，仍可能出現不可避免的錯誤。最後，感謝讀者的使用與包容，誠摯希望這不單是一本字典，也是你開啟學習古埃及文字的一把鑰匙。

薛良凱

若有錯誤之處，作者聯絡方式為 fox.hsueh@gmail.com

古埃及文的表達方式

為了節省空間與追求美感，古埃及人經常將一整句符號縮寫或排列組合。已經排列組合好的句子，未必利於閱讀、學習，學術上為了克服這樣的問題，發展出許多表現方式。

表述文本（Appearance text）

表述文本也就是原始版本的意思。古埃及人在壁畫、碑文或莎草紙上的文字，排列優美、間隔比例適當，大多是經過書記官、祭祀、工匠等等排列組合好，再進行書寫或雕刻。表述文本裡面，一個符號後面有時接著上下兩個或三個符號，看似沒有什麼規矩，但卻把空間填得很緊緻，整體更具有美感。

例如，以下就是一個按照壁畫謄錄的表述文本局部。

線型化文本（Linear text）

將表述文本加以拆解，強制每一個符號接一個排列，就像把句子拉直了一樣。如果有必要，還要把已經縮寫的符號加以復原。本字典裡面的單字，就是以**線型化文本**呈現。以下就是將上述表述文本按閱讀順序重排列，成為「線型化文本」。

示意文本（Plot text）

示意文本，是以線性化文本為基礎，對照古埃及文的符號代碼，並以此符號代碼表示。例如 𓆳 是M4、𓏏 是X1等等（關於符號代碼的總表，詳見本字典的「加汀納符號列表與代碼速查表」單元），在示意文本中，每一個古埃及文符號的代碼間以 - 分隔號表示。以下就是將上述線型化文本轉換成為「示意文本」：

M4-X1-D12-V20-Z2a-Z2a-N11-Z2a-O1-D21-X1-N5-D4-X1-P8-Z1-I9

RES 表示法（Revised Encoding Scheme）

線型化文本、示意文本無法精確還原**表述文本**的「原始樣貌」，這就出現了RES表示法。簡單的說，RES就是以符號、記號、代號的方式，表達原始表述文本的樣子。

RES表示法以「擴展符號」代表「符號代碼」之間的位置關係，包括水平或上下位置等等。更進階的用法，包括表達交疊在一起、破損、不明或遺失等等都能表達，在此僅列出常見的幾種。

RES 擴展符號	意義	表述文本轉成 RES 表示法舉例
-	左右相連	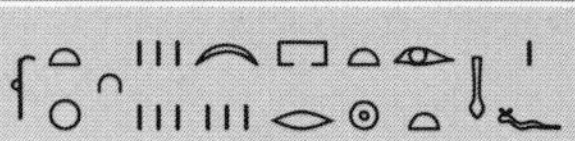 寫成 ↓ M4-(X1:D12)-V20-(Z2a:Z2a)- (N11:Z2a)-(O1:D21)-(X1:N5)-(D4:X1)-P8-(Z1:I9) 或 M4-X1:D12-V20-Z2a:Z2a- N11:Z2a-O1:D21-X1:N5-D4:X1-P8-Z1:I9
:	上下關係	
^	平方位置	
*	相黏 (綁定)	
[hrl] 與 [vlr]	右起[1] 與 垂直	 寫成 ↓ N5*D4:I9 或 (N5-D4):I9
( )	群組	
cartouche ( )	王名框	

[1] 一般來說，電腦是以英文的左寫至右為主，因此預設是「左起」寫法。但是古埃及文跟中文書寫類似，是可以左起、右起、上起的三種起始路徑，所以沒有標示 [hrl] 或 [vlr] 就代表左起。

如何表達一個古埃及文單字或句字？

表達一個古埃及文的單字，總不能跟對方說「那個貓頭鷹、還有旁邊像土墳的符號」。當與其他學習者交流時、想描述一個句子、單字該怎麼做？在本字典中，每一個古埃及文單字包含這些訊息：

單字[2]	→	
古埃及文符號的代碼		O28-X1-T10
唸法		*iwnt*
中文意義		弓（名詞）

[2] 每一個古埃及文單字，都是由「古埃及文符號」所組成，在附錄有這些符號的列表。為了閱讀方便，一律以線型化文本的方式表達。

建議你描述一個單字時，可以用所附的符號代碼，例如上述的O28-X1-T10以「示意文本」方式跟對方進行交流。

如何利用本字典

在本字典中，為了查找方面，**一律將各種文本都線性化成「線型化文本」的形式表達**。當要查找單字時，首先必須把你要查找的句子拆解，進行線性化處理，將原本排列組合的句子、詞、單字，拆解成一長條的模式。接下來，以要「查找單字」的首個符號作為目標，先找到那個符號的頁數，再逐一比對你要找的單字。建議讀者們有兩個大方向可以開始查找：

一、按照發音：本字典安排類似英語音標的*abcd*……排列，所以若知道怎麼唸，可以從這方面開始搜尋。

二、按照符號的第一個圖案：若不知道怎麼發音，字典編排時已經是把同類的符號按照次序排在一起，這樣有助快速檢索查找。

建議查找方式

步驟1、對初學者來說，一串符號常不知道該斷在哪裡才是一個單字位置，這要靠不斷累積的經驗判斷，剛開始會斷錯位置是很正常的。假設你想找某個單字、片語如下：

實際石碑、莎草紙上不會出現單一的單字，必須從一長串符號中辨識並擷取出它們。

步驟2、將要「查找的單字」線性化拆解成一長條的寫法，使每一個符號並列，也就是我們所說的線型化文本。

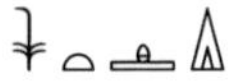

步驟3、先以第一個符號 𓇓 為目標，找到字典中以 𓇓 首的部分開始，但該類字數太少的符號不在欄位中顯示。逐一比對字典中單字的欄位，看是否有相符的單字或片語。然後，會在字典裡面找到：

𓇓𓏏𓊵𓂘 M23-X1-R4-X8	*ḥtp di nsw*	國王獻上的祭品（名詞）

步驟4、資料欄位的各項意義解說如下。

𓇓𓏏𓊵𓂘 ❶ M23-X1-R4-X8 ❷	*ḥtp di nsw* ❸	國王獻上的祭品（名詞） ❹

---

❶ 聖書體單字　**❸ 唸法／音標**　**❹ 翻譯**

❷ 古埃及文符號代碼

古埃及文的單字是由一個至多個符號組成

初學者要釐清一件事，單字是一個至數個由「古埃及文符號」組成，多數「古埃及文符號」只負責發音，本身畫的圖案跟字義間不一定有關聯。如果想更深入學習古埃及文，需要搭配其他古埃及文教學課本或課程。

如果你還不明白單字、符號、符號代碼的關係，可以參考下表：

單字、片語	𓇓𓏏𓊵𓏙			
古埃及文符號	𓇓	𓏏	𓊵	𓏙
古埃及文符號代碼	M23	X1	R4	X8

加汀納符號列表與英文代碼速查表使用方式

「加汀納符號列表與英文代碼速查表」使用方式很簡單，首先，這裡已經按照大種類分類好，先確定要找的符號是在這28類裡面哪一類，例如想找𓇓符號。這符號看起來像是一種植物（事實上它畫的就是紙莎草），所以在「加汀納符號列表與英文代碼速查表」從「M. 樹與植物」開始找。

如果你想熟悉每一種符號是什麼意思，分別在什麼類別，那麼沒事就該多瀏覽「加汀納符號列表與英文代碼速查表」，這能有效提升你查找的速度。

第二步，在後面的M部，依次尋找相似的符號。你或許會見到如M22𓇒、M23𓇓、M26𓇗這幾個類似的符號，這時要逐個進行比對。最後，確定M23的𓇓符號就是你要找的。

注意古埃及文的詞性

古埃及文的詞性的包括陰性（女性）與陽性（男性），數量上包括單數、複數或多數。在本字典中，為了減少贅字，許多名詞一般的詞性是以陽性（男性）為主，有必要時會添加陰性寫法。

在古埃及文中，確定一個名詞是陰性或陽性的最快方式，只要檢視這個單字中最末符號是不是 𓏏 或 𓁐 結尾，通常單字、片語有這些符號表示這個單字或片語是陰性詞。

數量	陽性詞	陰性詞
單數		𓏏〔*t*〕
複數	𓅱〔*w*〕或 𓏲〔*w*〕	𓏏〔(*w*)*t*〕
雙數	𓅱𓏭〔*wy*〕或 𓏲𓏭〔*wy*〕	𓏏𓏭〔*ty*〕

簡明版

古埃及文字典

薛良凱 — 著

 D36	ꜥ	單音節發音符號之一，發音有如音標 [a]（單音節發聲符號）
 D36-Z1	ꜥ	手臂，注意（名詞）
 G1	ꜣ	單音節發音符號之一，發音有如音標 [a]（單音節發聲符號）
 D36-Z1-N25-X1-Z1	*ꜥḫꜣst*	沙漠地區（名詞）
 O29-O31-Z1-M3	ꜥꜣ	門（名詞）
 O29-D36-G1-Y1	*ꜥꜣi*	很大的，偉大的，豐富的（形容詞）
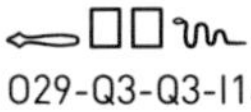 O29-Q3-Q3-I14	*ꜥꜣpp*	阿佩普（Apep）被認為是破壞、混沌、黑暗的化身，也是太陽神「拉」的孿生兄弟以及死對頭。（男神名）

 O29-D36-G1-X1-Y1	*ꜥꜣt*	因為……
 O29-D36-G1-A1-Z2	*ꜥꜣw*	社會名望，大人物（名詞）
 U23-D58-D54	*ꜣb*	避免，停止，中止（動詞）
 N11	*ꜣbd*	月（名詞）
 N11-N14-D46-N5	*ꜣbd*	月、每月一次的「月節」（名詞）
 U23-D58-N26-O49	*ꜣbḏw*	阿比多斯(Abydos)，位於上埃及，目前僅存遺址（地名）
 U23-D58-A2	*ꜣbi*	願望，希望（動詞）
 U23-D58-X1-S24-A1-B1-Z2	*ꜣbt*	家庭、戶（名詞）
 U23-D58-G43-E26	*ꜣbw*	大象（名詞）

 U23-D58-M17-M17-E24	*ȝby*	豹（名詞）
 D36-I9-I9-L3	*ʿff*	飛蟲（名詞）
 G1-I9-D21-M17-M17-Q7	*ȝfry*	煮（動詞）
 D36-I9-Z4-L2	*ʿfy*	蜜蜂，產蜜的蜂（名詞）
 O11-D36-O1	*ʿḥ*	宮殿，廟宇（名詞）
 D34-A24	*ʿḥȝ*	戰鬥（動詞）（名詞）
 P6-D36-D54	*ʿḥʿ*	站著，站立（動詞）
 G1-V28-X1-N23	*ȝḥt*	耕地，土地，土堆（名詞）
 G1-O4-G43-G37	*ȝhw*	麻煩，傷害，痛苦，疾病（名詞）

 D36-G17-D36-G1-T15	*ʿmʿȝ*	擲，投擲棒類物品（動詞）
 D36-N35-D8	*ʿn*	美麗（名詞）
 S34-N35-Aa1	*ʿnḫ*	生命（名詞），給予生命（動詞）
 S34-Z1-N34	*ʿnḫ*	鏡子（名詞）
 S34-I10-X1-N35	*ʿnḫ ḏt*	永生（名詞），使其永生（動詞）
 S34-N35-O49	*ʿnḫ n nwt*	本地士兵（名詞）
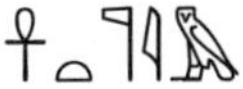 S34-X1-R8-M17-G17	*ʿnḫ nṯr im*	神生活所需要的（通常指獻祭的祭品）（名詞）
 S34-N35-Aa1-N16-N16-N23-N23	*ʿnḫ tȝwy*	孟菲斯（地名）
 S34-G43-A1-Z3	*ʿnḫw*	生者，活著的人（名詞）

 S34-S34-F21-F21	*ʿnḫwy*	耳朵（名詞）
 G1-Q3-D46-G38	*ȝpd*	鴨子，鳥類（名詞）
 G1-Q3-D46-G38	*ȝpd*	鴨子，鳥類（名詞）
 G1-N29-D46-N14-A40	*ȝḳd*	一顆星星（名詞）
 G35-N29-D54-A1-B1-Z2	*ʿḳw*	朋友（名詞）
 G35-X1	*ʿḳyt*	女僕人，女內侍（名詞）
 G1-D21-X1-N1	*ȝrt*	天堂，天空（名詞）
 G1-D21-M17-M17-X1-S43	*ȝryt*	手杖（名詞）
 Q1-D4-A40	*ȝsir*	奧西里斯（Osiris），冥王、農業之神，伊西絲的丈夫。（男神名）

 G1-N37-D21-Q7	*ꜣšr*	烤（動詞）
 Q1-X1-B1	*ꜣst*	伊西絲（Isis），死者守護神、生育之神，奧西里斯的妻子。（女神名）
 G1-O34-Aa1-U2-D40	*ꜣsẖ*	收穫（動詞）
 G1-X1-I9-G43-S8	*ꜣtfw*	阿特夫冠（Atef crown），一種法老的冠飾，白冠兩邊各有鴕鳥羽毛做裝飾。（名詞）
 A9-A24	*ꜣṯp*	有大麻煩，沉重的負擔（形容詞）
 A9-Q3-Z7-Y1-Z2	*ꜣtpw*	貨物（名詞）
 A9-Z7-Y1-Z2	*ꜣtpw*	貨物（名詞）
 G1-U33-M17-Z7-X1-M3	*ꜣṯwt*	床（名詞）

F40-G43	*ꜣw*	長，較長的（長度），較長時間，快樂（形容詞）
F40-G43-X1-N18-Z2	*ꜣwt*	祭品（名詞）
D36-D36-Z4	*ʿwy*	雙臂（名詞）
G25-Aa1	*ꜣḫ*	安卡（Ankh），全靈（名詞）
G25-Aa1	*ꜣḫ*	變成安卡（Ankh）、全靈（動詞）
G1-Aa1-G1-Aa1-N14-N14-N14	*ꜣḫꜣḫ*	星星，繁星（名詞）
G1-F32-D58-A2	*ꜣẖb*	吞嚥，吞下（動詞）
D36-F26-W24-X1-Z4-O1	*ʿẖnwty*	室，房間（名詞）
N27-X1-O1	*ꜣḫt*	地平線（名詞）

 N8-G7	*ꜣḫw*	陽光，光線（名詞）

 *b*

 D58	*b*	單音節發音符號之一，發音有如音標〔*b*〕（單音節發聲符號）
 G29-Z1	*bꜣ*	巴，靈魂的狀態之一（名詞）
 G53-Z1	*bꜣ*	巴，靈魂的狀態之一（名詞）
 A7	*bꜣgi*	疲倦、懶散、懶散、魯莽（名詞）
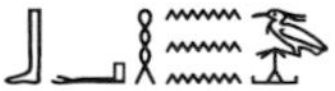 D58-D36-V28-N35a-G32	*bꜥḥ*	豐富，富饒（名詞）
 D58-G29-G1-M17-M17-N35a	*bꜣiw*	潮濕的（形容詞）
 G29-V31-A1	*bꜣk*	男僕人（名詞）

 G29-V31-X1-B1	*b3kt*	女僕人（名詞）
 W1-X1-B1	*b3stt*	芭絲特（Bast/Bastet），貓女神，掌管家庭和樂，是家庭守護神，形象為貓或貓首人身的女神。（女神名）
 D58-U28-G1-W24	*bḏ3*	罐子（名詞）
 D58-D46-D46-G43-D28-D52-M2-Z2	*bddw k3*	西瓜（名詞）
 D58-M17-N35-G37	*bin*	壞的，邪惡的（形容詞）
 L2-X1-Z1	*bit*	蜜蜂（名詞）
 L2	*bity*	下埃及國王，國王（名詞）
 L2-X1-A45	*bity*	下埃及國王，國王（名詞）

D58-D28-B2	*bk3*	懷孕了（名詞）
D58-G29-D28-N14	*bk3*	早上（名詞）
D58-N35-D21-M17-M30	*bnr*	日期（名詞）
M30-N35-D21-Y1	*bnr*	令人開心愉悅的（形容詞）
D58-N35-X1-Y7	*bnt*	豎琴（名詞）
D58-S29-V31-G43-F34-Z2	*bskw*	內臟（名詞）
D58-V15-X1	*bṯ*	跑（動詞）
D58-X1-N35-D19-A24-F34-Z1	*btn ib*	傲慢的人（名詞）
D58-X1-V31-D58-X1-V31-D54	*btkbtk*	逃脫（動詞）

 *d ḏ*

d ḏ

 D46	*d*	單音節發音符號之一，發音有如音標〔*d*〕（單音節發聲符號）
 I10	*ḏ*	單音節發音符號之一，發音有如音標〔*j*〕或〔*dj*〕（單音節發聲符號）
 D46-G1-Z15d	*dꜣ*	五（數量單位）
 Z15d	*dꜣ*	五（數量單位）
 U28-G1-P1	*ḏꜣi*	穿越，穿過（動詞）
 S41-G17-S12-N33a	*ḏꜥmw*	金礦，銀礦（名詞）
 U28-G1-X1-P1	*ḏꜣt*	航行旅程，航程（名詞）
 U28-X1-Z9	*ḏꜣyt*	壞事，邪惡之事（名詞）

	D46-F18-X1-Q3-R3	*dbḥt ḥtp*	食物類陪葬品（名詞）
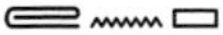	F46-N35-O39	*dbn*	迪 本（deben），重量單位，約相當於今日 91 克。（名詞）
	I10-D46	*ḏd*	說，朗誦經文，講話（動詞）
	R11-D46-O49-G43	*ḏdw*	杰度（Djedu）（地名）
	I10-I9	*ḏfꜥw*	生活物資（名詞）
	I10-I9-Z8-Z2	*ḏfꜥw*	生活物資（名詞）
	G26-X1-X1-W4	*ḏḥwtt*	托特節（節日名）
	G26-X1-Z4-A40	*ḏḥwty*	托特（Thoth），智慧之神，外型為朱鷺頭人身或狒狒。（男神名）
	D37	*di*	給，交給（動詞）

 X8	*di͗*	給，交給（動詞）
 X8-S34	*di͗ ꜥnḫ*	給予的生命（名詞）
 D46-U1-X1-H5	*dmꜣt*	翅膀（名詞）
 I10-N35-D46-A24	*ḏnd*	征服（動詞）
 I10-N35-I10-N35-F5-A24	*ḏnḏn*	征服（動詞）
 D46-Q3-X1-P1	*dpt*	船（名詞）
 M36-D21	*ḏr*	自從（介詞）
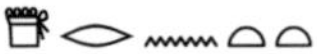 M36-D21-N35-X1-X1	*ḏrntt*	因為
 M36-D21-G43-X1-Q6	*ḏrwt*	石棺（名詞）
 M36-D21-M17-X1-O1	*ḏrwt*	大廳（名詞）

 M36-D21-G43-G43-N33	*ḏrww*	壁，牆（名詞）
 I10-S29	*ḏs*	「自己」的意思，與後綴詞使用（後綴詞共用詞）
 D45-D21	*ḏsr*	聖潔，神聖的（形容詞）
 D45-D21	*ḏsr*	分離，清除（動詞）
 I10-X1-N16	*ḏt*	永恆，永遠，一直不斷（名詞）
 I10-Z1	*ḏt*	眼鏡蛇（名詞）
 I10-X1-Z1-I10-X1-N16	*ḏt ḏt*	永遠（名詞）
 N26-G37	*ḏw*	邪惡（名詞）
 N26-Z1	*ḏw*	山，山脈（名詞）

	N14-A30	*dw3*	敬拜，崇拜（動詞）
	N14-D37-X1-I9	*dw3 mwt*	多姆泰夫(Duamutef)，荷魯斯四子之一，在卡諾卜罈（canopic jars）中以豺狼或獵狗首造型負責保護胃。（男神名）
	N14-G14-X1-I9	*dw3 mwt*	多姆泰夫(Duamutef)，荷魯斯四子之一，在卡諾卜罈（canopic jars）中以豺狼或獵狗首造型負責保護胃。（男神名）
	D46-G1-X1-N15	*dw3t*	陰間，陰曹地府（名詞）
	N15	*dw3t*	陰間，陰曹地府（名詞）
	N14-G1-M17-M17-X1-N5	*dw3yt*	早上（名詞）
	N26-E9-W24	*ḏwiw*	罐（名詞）

 N26-G43-S29	*ḏws*	譴責，指責（動詞）

 *f*

 I9	*f*	單音節發音符號之一，發音有如音標〔*f*〕（單音節發聲符號）
 I9	*f*	他，他的，它，它的（後綴代名詞）
 A9-A24	*fȝi*	攜帶，支援（動詞）
 I9-D46-G43-Z15c	*fdw*	四（數量單位）
 Z15c	*fdw*	四（數量單位）
 D19-Z1	*fnḏ*	鼻子（名詞）

𓎼	*g*	

象形文字	轉寫	釋義
𓎼 W11	*g*	單音節發音符號之一，發音有如音標〔*g*〕（單音節發聲符號）
𓎼𓄿𓆑 W11-G1-I9	*g3f*	猴（名詞）
𓅬𓃀 G38-D58	*gb*	蓋柏（Geb），大地之神，努特的丈夫。（男神名）
𓎼𓃀𓅡𓄿𓂣 W11-D58-G29-G1-D41	*gb3*	臂（名詞）
𓅠𓅓 G28-G17	*gmi*	發現（動詞）
𓌙𓏏𓏭𓀜𓀀 T19-X1-Z4-A24-A1	*gnwty*	雕塑家（名詞）
𓎼𓂋𓎛𓇰 W11-D21-V28-N2	*grḥ*	夜晚（名詞）
𓎼𓂋𓀁 W11-D21-A2	*gs*	安靜（名詞）

g

O4	*ḥ*	單音節發音符號之一，發音有如音標〔*h*〕（單音節發聲符號）
V28	*ḥ*	單音節發音符號之一，發音有如音標〔*ḥ*〕（單音節發聲符號）
O4-G1	*hȝ*	嗨！（感嘆詞）
O4-G1-D58-D54	*hȝb*	派遣，要某人去……（動詞）
O4-G1-D54	*hȝi*	下來，下降（動詞）
O4-G1-V31-D21-W3	*hȝkr*	哈克爾儀式（Haker-rites）在阿拜多斯（Abydos）舉辦的一種宗教節日。（名詞）
V28-D36-Q3-N36	*ḥʿpy*	尼羅河（名詞）

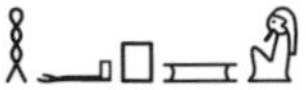 V28-D36-Q3-N36-A40	*ḥꜥpy*	哈皮（Hapi）：尼羅河神，兩個左右連體構造的身軀及象徵豐饒的大乳房及肚子。（男神名）
 F4-X1-Z1	*ḥꜣt*	前面（名詞）
 M16-G1-X1-O1	*ḥꜣt*	墓（名詞）
 V28-G1-X1-O18	*ḥꜣt*	墓（名詞）
 F4-X1-D36	*ḥꜣtt ꜥ*	女主君，女州長，當地公主（名詞）
 F4-D36-A1	*ḥꜣty ꜥ*	主君，州長，當地王子（名詞）
 V28-D36-F51B-V30	*ḥꜥw nb*	所有的人（集合名詞）
 V28-D36-G43-P3-Z2	*ḥꜥww*	船舶（名詞）
 V28-G1-M17-M17-S28	*ḥꜣy*	赤身裸體的（形容詞）

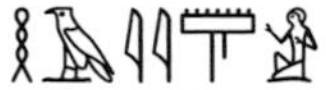 V28-G1-M17-M17-S28-A1	*ḥꜣy*	赤裸的人，裸體者（名詞）
 O4-X1-N1	*hꜣyt*	大門，門，出入口（名詞）
 U13	*hb*	犁（名詞）
 V28-D58-W4	*ḥb*	節日（名詞）
 W4	*ḥb*	節日（名詞）
 U13-N35-Z4-M3	*hbny*	烏木，黑檀木（名詞）
 V28-D58-S29-S28	*ḥbs*	供給衣服，穿衣服（動詞）
 V28-D58-S29-G43-S28-Z2	*ḥbsw*	衣服（名詞）
 T3-S12-N33a	*ḥḏ*	銀，錢（名詞）
 V28-I9-G1-G43-I14	*ḥfꜣw*	蛇（名詞）

	I8	*ḥfn*	10 萬，極大的數目（數量單位）
	C11	*ḥḥ*	百萬，很多，超級大數目（數量單位）
	O4-M17-D52-A1	*hỉ*	丈夫（名詞）
	U36-A1	*ḥm*	僕人（名詞）
	V28-U2-X1-N33-Z2	*ḥmꜣt*	鹽（名詞）
	A7	*ḥmsi*	坐下（動詞）
	N42-X1-B1	*ḥmt*	妻子，女人（名詞）
	U36-X1-B1	*ḥmt*	女僕（名詞）
	M23-N41-X1-B1	*ḥmt nsw*	女王（名詞）
	U24-X1-Z1-Y1-Z2-D21-Z1	*ḥmt r*	法術，咒語，魔法（名詞）

 D39-X1-Z2	*ḥnkt*	供品，獻祭物 （複數名詞）
 W22	*ḥnkt*	啤酒（名詞）
 V28-N29-X1-W22	*ḥnḳt*	啤酒（名詞）
 V28-N35-X1-W10	*ḥnt*	杯子（名詞）
 V28-N35-X1-G43-M17-M17	*ḥnty*	外國將領，外國指揮官（名詞）
 A8-A1-B1-Z2	*hnw*	同事，夥伴，家庭 （名詞）
 O4-W24-A8	*hnw*	歡慶，歡呼，熱鬧興奮（名詞）
 V28-M2-N35-F16	*ḥnwt*	號角（名詞）
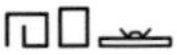 O4-Q3-Y1	*hp*	法律，法令（名詞）
 Aa5-X1-Z1	*ḥpt*	舵，槳（名詞）

ḥ h

 V28-Aa5-Q3-M17-M17-A40	*ḥpy*	哈碧（Hapi，Golden Dawn，Ahephi），荷魯斯四子之一，在卡諾卜罈（canopic jars）中以狒狒或獮猴首造型負責保護肺臟。（男神名）
 S38-N29-G1-A1	*ḥḳȝ*	統治者（名詞）
 S38-N29-Y1	*ḥḳȝ*	統治（動詞）
 V28-N29-D21-A1	*ḥḳr*	飢餓者，饑民（名詞）
 V28-N29-D21-G37	*ḥḳr*	飢餓（動詞）
 V28-N29-X1-B1	*ḥḳt*	海奎特（Heqet 或 Haket）生命女神，為新生的胎兒注入生命，形態為青蛙或蛙頭。（女神名）
 V28-N29-X1-I7	*ḥḳt*	海奎特（Heqet 或 Haket），參照上一則翻譯。（女神名）

D2-Z1	*ḥr*	臉，視線（名詞）
D2-D21	*ḥr*	在……之上， 在……
G5-A40	*ḥr*	荷魯斯（Horus），法老的守護神、天空之神，王權的象徵，外形為鷹頭人身。（男神名）
G5-A40	*ḥr*	荷魯斯（Horus） （男神名）
D2-Z1-O35-M17-M17-M17-V6-N37-S29-X1	*ḥr sy išst*	為什麼？（疑問詞）
D2-D21-D21-X1-M2	*ḥrrt*	花（名詞）
D2-D21-X1-N1	*ḥrt*	天空，天堂（名詞）
D2-X1-N1	*ḥrt*	天空，天堂（名詞）
N1-X1-O1	*ḥrt pr*	女家僕（陰性名詞）

N5-Z1	*hrw*	日，白天（名詞）
O4-D21-G43-N5	*hrw*	天，白天（名詞）
D2-D21-N1-A1	*ḥrw*	首領，頭目，領袖（名詞）
N1-T10	*ḥry pḏt*	部隊指揮官（名詞）
D2-D21-O1	*ḥry pr*	家僕（名詞）
D2-D21-S29-N37-X1-U30-Y1-Z2	*ḥry tꜣ*	秘術師，掌管神秘儀式者（名詞）
D2-D1	*ḥry tp*	首領，上級，領袖（名詞）
D2-D21-G43-N37-D36-Z4-N33-A49-Z3	*ḥryw šꜥy*	貝都因人（名詞）
Aa2-Y1	*ḥsb*	帳戶，帳目（名詞）
V28-S29-D58-Aa2	*ḥsb*	打破，粉碎（動詞）

V28-W14-S29-A2	*ḥsi*	表揚，唱歌（動詞）
U32-N34-N33a	*ḥsmn*	青銅（名詞）
V28-W14-O34-Y5-N35-N33a	*ḥsmn*	紫水晶（名詞）
V28-W14-O34-X1-A2	*ḥst*	讚美，讚揚，嘉許（名詞）
V28-Q1-X1	*ḥtm*	遭滅亡，被毀滅（動詞）
R4-X1-Q3	*ḥtp*	祭壇，祭品（名詞）
R4-X1-Q3	*ḥtp*	平安，滿足（名詞）
R4-X1-Q3	*ḥtp*	使滿足，使平安，休息，滿意（動詞）
R4-X1-Q3	*ḥtp*	海泰普（Hetep）（人名）
R4-X2-W22	*ḥtp*	給神的供品，祭品（名詞）

ḥ h

M23-X1-R4-X8	*ḥtp di nsw*	國王獻上的祭品（名詞）
R4-X1-Q3-X1-X4-Z2	*ḥtpt*	給神的供品，祭品（名詞）
R8-R4-X4-Z2	*ḥtpw nṯr*	給神的供品，祭品（名詞）
O6-X1-X1-N25	*ḥtt*	礦場，採石場（名詞）
V28-X1-Z4-Q7	*ḥty*	煙，煙霧（名詞）
V28-A24-Z12-A24-N35-Z4-D21-D2-Z1-A24	*ḥw ny r*	戰鬥（動詞）
V28-A24-N35-Z4-D21-D2-Z1-D40	*ḥw ny r ḥr*	戰鬥（動詞）
V28-D36-G43-D41-A1-Z2	*ḥwʿw*	矮個子，不高的人（名詞）
A25-D36	*ḥwi*	毆打，擊打（動詞）
V28-A25-A24	*ḥwi*	毆打，擊打（動詞）

 V28-E34-N35-A17	*ḥwn*	孩子，少年（名詞）
 V28-M42-X1-N35-A17	*ḥwnt*	少女（陰性名詞）
 O6	*ḥwt*	地盤，地基（名詞）
 V28-G43-X1	*ḥwt*	毆打，擊打（名詞）
 O10	*ḥwt ḥr*	哈索兒（Hathor），愛神、美神、富裕、舞蹈、音樂之神，母親與孩童的保護者，荷魯斯之妻。形象是奶牛、牛頭人女身或長有牛耳的女人，傳說曾化身為無花果樹，把果實送給陰間死者。（女神名）
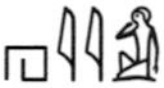 O4-M17-M17-A2	*hy*	萬歲！歐耶！（感嘆詞）

 A1	*i*	我，我的（後綴代名詞）
 M17	*i*	單音節發音符號之一，發音有如音標〔*i*〕（單音節發聲符號）
 M17-A26	*i*	哦！啊！（感嘆詞）
 M17-D36-D58-W10	*iꜥb*	碗（名詞）
 R15-P5	*iꜣb*	東風（名詞）
 R15-D58-X1-N25	*iꜣbt*	東方（名詞）
 R15-D58-X1-Z4	*iꜣbty*	東，東方，左手（名詞）
 N11	*iꜥḥ*	月亮（名詞）
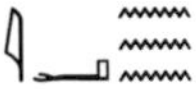 M17-D36-N35a	*iꜥi*	洗，清洗（動詞）

	M17-G1-A30	*iꜣi*	崇拜，讚美（名詞）
	D36-N35-D36-E32	*iꜥn*	狒狒（名詞）
	M17-G1-D21-D21-X1-D5-N33-Z2	*iꜣrrt*	葡萄（名詞）
	M17-D36-D21-X1-I12	*iꜥrt*	聖蛇烏賴烏斯（Uraeus），也是王權、下埃及、瓦潔特女神（Wadjet）的符號。（名詞）
	O44-X1-Z1	*iꜣt*	機關的部門、功能（名詞）
	A19	*iꜣwi*	年事漸高，老了，年紀大了（動詞）
	A19	*iꜣwi*	年事已高，老人，年紀大的人（名詞）
	M17-G1-G43-A19	*iꜣwi*	老的，年紀大的（形容詞）
	M17-G1-G43-A19	*iꜣwi*	晚年，老年，年事已高（名詞）

	A19-X1	*i3wt*	老年（名詞）
	F34-Z1	*ib*	心臟，心智（名詞）
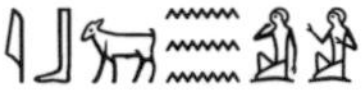	M17-D58-E8-N35a-A2-A1	*ib*	口渴的人（名詞）
	M17-D58-G29-G1-G43-E28	*ib3w*	北非髯羊（Barbary sheep），在北部非洲乾燥、多石地區的耐旱羊。（名詞）
	F18-Z1	*ibḥ*	齒（名詞）
	M17-D58-E3-N35a-A2	*ibi*	口渴（動詞）
	M17-D46-A17	*id*	男孩（名詞）
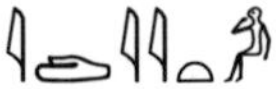	M17-D46-M17-M17-X1-A17	*idyt*	女孩（陰性名詞）
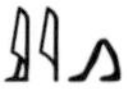	M18-M17-D54	*ii*	來，回來（動詞）

 M18-M17-G43	*ỉỉw*	歡迎（感嘆詞）
 M17-G1-V31-Z7-A20-N25	*ỉkw*	採石場（名詞）
 A19	*ỉky*	採石工，鑿石匠（名詞）
 M17-V31-A19	*ỉky*	採石工，鑿石匠（名詞）
 M17-U1-M1-G17	*ỉmꜣ*	和藹可親的，仁慈的（形容詞）
 M1-G17-M1	*ỉmꜣ*	樹（名詞）
 M1-G17-O1	*ỉmꜣw*	帳篷（名詞）
 M17-U1-Aa1-F39a-Z1	*ỉmꜣḫ*	尊敬，敬畏（名詞）
 F39-Aa1	*ỉmꜣḫy*	尊者（名詞 - 頭銜）
 M17-F39-Aa1-G43	*ỉmꜣḫy*	尊者（名詞 - 頭銜）

ỉ y

 M17-F39-M17-M17	*im3ḫy*	尊者（名詞 - 頭銜）
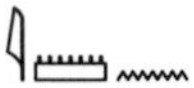 M17-Y5-N35	*imn*	阿蒙（Ammon），底比斯城的主神，八元神中象徵隱蔽的神。（男神名）
 M17-Y5-N35-N5-Z1-A40	*imn rʿ*	阿蒙 - 拉（Ammon -Ra），阿蒙和拉都是太陽神，但以不同形態出現，合起來即眾王之王的意思。（男神名）
 R14-X1-N25	*imnt*	西方（名詞）
 R14-X1-Z4-N25	*imnty*	右邊的，西部的，西方的（形容詞）
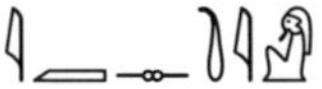 M17-Aa11-O34-U33-M17-A40	*imsti*	艾姆謝特（Imset），荷魯斯四子之一，在卡諾卜罈（canopic jars）中以人的造型負責保護肝臟。（男神名）
 M17-Aa5-X1-A18	*imty*	領養的孩子（名詞）

 P1	*imw*	船（名詞）
 M17-Z11-G17-Z4	*imy*	在……裡面（人或物品）（介係詞）
 Z11	*imy*	在……裡面（人或物品）（介係詞）
 Z11-G36-D21-X1-O1	*imy wrt*	西方（名詞）
 Z11-G43-X1-Aa2	*imy wt*	一種頭銜，可以理解為防腐之神阿努比斯。伊繆特崇拜（Imiut-fetish 或 Anubis-fetish）是古埃及的某種儀式，將無頭皮懸掛成為旗幟，懸掛於墓室之中，一般認為是阿奴比斯的象徵，後來就引申為阿努比斯。（名詞 - 頭銜）
 W17-G17	*imy ḫnt*	王室總管（名詞 - 頭銜）
 M17-Z11-G17-G43-Z3-N16-N23-Z1- N35a	*imyw t3 mw*	土地和水（名詞）

i y

 M17-K1-N35-D13-Z4	*in*	眉毛（名詞）
 M17-N35	*in*	被……，由……（介係詞）
 W25-N35	*ini*	帶來，達到，帶走（動詞）
 W24-V31	*ink*	我，我的（獨立代名詞）
 M17-N35-Q3-C7	*inpw*	阿努比斯（Anubis），死神、製作木乃伊的神，外形為胡狼頭人身。（男神名）
 M17-N35-Q3-G43-E16	*inpw*	阿努比斯（Anubis），死神、製作木乃伊的神，外形為胡狼頭人身。（男神名）
 W25-W24-Z2	*inw*	農產品，土產，禮物（名詞）
 M17-Q3-Y1	*ip*	計算，清點，檢查（動詞）
 M17-Aa28-D46-G43-A1	*iḳdw*	建築工（名詞）

M17-N29-D21-Y1	*ỉḳr*	有財富的，有美德的，卓越的（形容詞）
D4-O4-Q3-Y1	*ỉr hp*	遵守法律，執行法律（動詞）
D4-R4-X1-Q3-G43-Y1-Z2	*ỉr ḥtpw*	停戰，媾和，調停（動詞）
D4	*ỉri*	創造，產生，製造，建造，做，行動，實現，治療（動詞）
M17-D21-M17	*ỉri*	同伴（名詞）
D4-N35	*ỉri n*	由……製造，由……所生
M17-D21-X1-A47	*ỉrit*	女伴（陰性名詞）
D4-X1-Z1	*ỉrt*	眼睛（名詞）
M17-D21-Z4	*ỉry*	其中，與……有關，至此（副詞）

 M17-D21-Z4-A49	*iry*	看管人（名詞 - 頭銜）
 M17-D21-Z4-A47-O29-O31-A1	*iry ꜥꜣ*	大門守門者（名詞 - 頭銜）
 M17-D21-Z4-A49-F35-F4	*iry ꜥꜣ*	王冠保管員（名詞 - 頭銜）
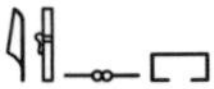 M17-M40-O34-O1	*is*	墳墓，議會室，工坊、檔案館（名詞）
 M17-X1-I9-A1	*it*	父親（名詞）
 X1-I9	*it*	父親（名詞）
 R8-X1	*it nṯr*	神之父，神的父親（名詞）
 M17-G47-G1-A24	*iṯꜣ*	偷（動詞）
 M17-G47-G1-A24-A1	*iṯꜣ*	小偷，賊（名詞）
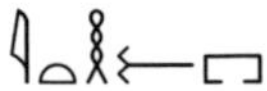 M17-X1-V28-U31-O1	*itḥ*	堡壘，要塞（名詞）

 V15-A24	*ỉṯi*	奪取，佔有，逮捕，征服，抓住（動詞）
 X1-U15-A40	*ỉtmw*	亞圖姆（Atum）是赫利奧波利斯城的主神，傍晚之太陽神，也是太陽神拉的別名。（男神名）
 M17-X1-N35-N5	*ỉtn*	日盤（將太陽比喻為光盤）（名詞）
 M17-X1-N35-N5	*ỉtn*	阿吞（Aten），正午時的太陽神，形象為伸出數隻長手的太陽圓盤。（男神名）
 M17-X1-D21-G43-M6	*ỉtrw*	季節（名詞）
 M17-X1-D21-N36	*ỉtrw*	河（名詞）
 M17-X1-D21-N36-N35a	*ỉtrw*	河（名詞）
 M17-X1-I9-A1-Z3	*ỉtw*	祖先（名詞）

i y

i y

 I3-I3	*ity*	最高統帥，領袖，元首（名詞）
 D54-G43	*iw*	來，回來（動詞）
 D54-G43	*iw*	歡迎（招呼語）
 E9-G43-E14	*iw*	狗（名詞）
 M17-G43	*iw*	句子最前面的助動詞（助動詞）
 N18-N23-Z1	*iw*	島（名詞）
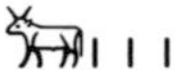 E1-Z2	*iwꜣ*	牛，牛類（名詞）
 M17-V4-G1-E1	*iwꜣ*	牛，長角牛（名詞）
 M17-I9-F51B-Z2	*iwf*	肉（名詞）
 E9-G43-P1	*iwi*	使其無船，無助，被剝奪（動詞）

 O28-Z1	*iwn*	支柱，柱子（名詞）
 O28-X1-T10	*iwnt*	弓（名詞）
 O28-W24-O49	*iwnw*	赫利奧波利斯（Heliopolis）（地名）
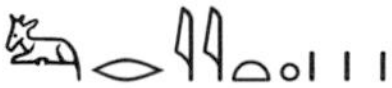 E9-D21-M17-M17-X1-N33-Z2	*iwryt*	豆（名詞）
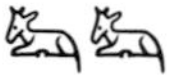 E9-E9	*iww*	無船者，沒有船的人（名詞）
 E9-G43-M17-X1-G37	*iwyt*	壞事，不良行為（名詞）
 M17-Aa1-G17-X1-N25	*iḫmt*	河岸（名詞）
 M17-Aa1-Aa1-G43-N8	*iḫḫw*	黎明，黃昏，昏暗的時刻（名詞）

	*k*	
 V31	*k*	單音節發音符號之一，發音有如音標〔*k*〕
 V31	*k*	你，你的（後綴代名詞）
 D28-D52-E1	*kꜣ*	公牛（名詞）
 D28-G17-M43	*kꜣmw*	酒商（名詞）
 V31-G1-Q3-Z7-I3	*kꜣpw*	鱷魚（名詞）
 V31-G1-G17-G43-O1	*kꜣpw*	葡萄園（名詞）
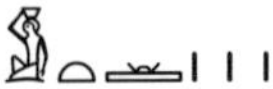 A9-X1-Y1-Z2	*kꜣt*	工作，建築，工藝，專業（名詞）
 A9-Z3	*kꜣt*	工作，建築，工藝，專業（名詞）
 D28-Z1	*kꜣw*	卡（靈魂的一種形式）（名詞）

 A16	*ksw*	鞠躬，點頭致意，曲腰（動詞）

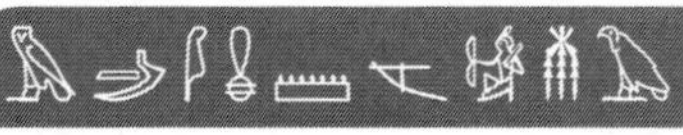 *m*

 G17	*m*	單音節發音符號之一，發音有如音標〔*m*〕（單音節發聲符號）
 G17	*m*	與，在……裡面（介係詞）
 G17-V28-W14-O34-D54-I9	*m ḥsi .f*	來見他，來相會，碰面，聚會（動詞）
 G17-D21-Z1-A12-Z2-G36-D21	*m r mšꜥ wr*	元帥（名詞）
 U3-G1-G1	*mꜣꜣ*	看，看見（動詞）
 U5-D36-D54	*mꜣꜥ*	交給，引導（動詞）
 U5-D36-Y1	*mꜣꜥ*	存在，真實，正確（動詞）

m

 U5-D36-Y1	*mꜣꜥ*	真實的（形容詞）
 Aa11-P8	*mꜣꜥ-ḫrw*	表示所言不虛、經過證實的祭詞語，類似中文的上天可鑒。（形容詞）
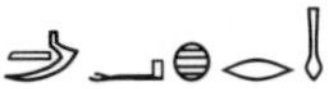 U5-D36-Aa1-D21-P8	*mꜣꜥ-ḫrw*	表示所言不虛、經過證實的祭詞語，類似中文的上天可鑒。（形容詞）
 C10	*mꜣꜥt*	瑪特（Maat），正義及秩序之神。（女神名）
 H6	*mꜣꜥt*	真理，正義，適當或恰當的事物（名詞）
 H6	*mꜣꜥt*	瑪特（Maat），正義及秩序之神。（女神名）
 U5-D36-X1-Y1-Z2	*mꜣꜥt*	真理，正義，適當或恰當的事物（名詞）
 G17-P6-X1-O1	*mꜥḥꜥt*	衣冠塚，墳墓（名詞）

 G17-D36-N29-Q7	*mꜥḳ*	燒烤（通常指食物）(動詞)
 W19-M17	*mi*	就像……，如……，根據……(介係詞)
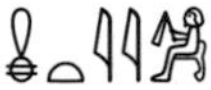 W19-X1-M17-M17-A51	*mity*	同類、同等人，同儕 (名詞)
 W19-X1-Z4	*mity*	同類、同等人，同儕 (名詞)
 G17-G17	*mm*	在……之中 (介係詞)
 G18	*mm*	在……之中 (介係詞)
 Y5-N35-F35-I9-D21-O24-O49	*mn nfr*	孟菲斯 (Memphis) (地名)
 Y5-N35-D36-X1-D27	*mnꜥt*	奶媽，護士 (名詞)
 A24-G43-D40	*mniw*	牧人 (名詞)

m

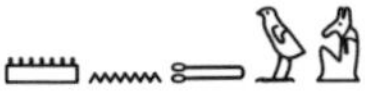 Y5-N35-V13-G43-C7	*mn<u>t</u>w*	戰神蒙圖 (Montu)，掌管戰爭之事，外形為鷹首人身或公牛頭人身。(男神名)
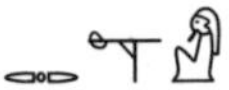 R22-R12-A40	*mnw*	敏 (Min)，掌管生產及收穫，是男性生殖守護神、沙漠旅人守護神、孩童保護神。(男神名)
 Y5-W24-W24-W24	*mnw*	獻祭，祭品，紀念碑（名詞）
 S27	*mnẖt*	亞麻布，衣物（名詞）
 Y5-N35-Aa1-X1-S27	*mnẖt*	亞麻布，衣物（名詞）
 D21-G17	*mr*	監管人，負責人（名詞）
 F20	*mr*	監管人，負責人（名詞）
 D36-Aa1-W24-X1-Z4	*mr ʿ<u>h</u>nwty*	內務總管（名詞 - 頭銜）
 D36-F26-W24-X1-Z4-O1	*mr ʿ<u>h</u>nwty*	內務總管（名詞 - 頭銜）

m

 U7-D21-V28-X1-W24-Z2	*mrḥt*	油，油膏（名詞）
 W1	*mrḥt*	油，油膏（名詞）
 U7-D21-A2	*mri*	想要，欲望，愛（動詞）
 G17-O35	*ms*	帶來，呈現（動詞）
 A12	*mšʿ*	遠征，擴張（名詞）
 A12-A1-Z2	*mšʿ*	士兵，軍隊，部隊（名詞）
 A12-D54-Z2	*mšʿ*	遠征，擴張（名詞）
 A12-P1	*mšʿ*	組織遠征，進行擴張（動詞）（名詞）
 F31-S29-I10-A2	*msḏi*	不喜歡，討厭，恨（動詞）
 A17-N26-G14-X1-N33-Z2	*msdmt*	塗抹眼睛邊的黑油彩，方鉛礦（名詞）

 F31-S29-B3	*msi*	生產，製造，神創造的（動詞）
 F31-N35	*msn*	由……所生
 F31-G43-A17-Z2	*msw*	後代（名詞）
 A14	*mt*	死亡，喪生，毀滅（名詞）
 A14-X1	*mt*	死亡，喪生，毀滅（名詞）
 N35a	*mw*	水，雨（名詞）
 G14-X1-B1	*mwt*	母親（名詞）
 G14-X1-H8-B1	*mwt*	姆特（Mut）這個名字同時也是母親的意思，阿蒙之妻，形象有時被描繪成眼鏡蛇、貓、牛、母獅或是禿鷲。（女神名）

m

 G17-F26-N35-X1-P1	*mḫnt*	渡船（名詞）

n

 D35	*n*	不（否定介副詞）
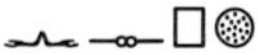 D35-O34-Q3-O50	*n*	從不（否定介副詞）
 N35	*n*	單音節發音符號之一，發音有如音標〔*n*〕（單音節發聲符號）
 N35	*n*	屬於……的（陽性所有格）（形容詞）
 N35	*n*	否定的（否定介副詞）
 V30	*nb*	全部，所有
 V30	*nb*	任何，每，所有

n

 V30-A40	*nb*	王上，君上，大師，主人（名詞）
 V30-Z1	*nb*	主人，擁有者（名詞）
 N35-D58-A15-N35a	*nbi*	游泳（動詞）
 N35-D58-M17-Q7	*nbi*	火焰，燃燒（名詞）
 N35-D58-N35-D58-D40	*nbnb*	警衛（名詞）
 N35-V30-D58-X1-V30-Z1	*nbt*	籃子（名詞）
 V30-X1	*nbt*	女主人，擁有者（陰性名詞）
 V30-X1-B1	*nbt*	女主人，擁有者（陰性名詞）
 O9	*nbt ḥwt*	娜芙蒂絲女神（Nepthys），生育之神、死者的守護神，賽特的妻子。（女神名）

 V30-X1-O6-X1-O1-G7	*nbt ḥwt*	娜芙蒂絲女神（Nepthys），生育之神、死者的守護神，賽特的妻子。（女神名）
 V30-X1-O1-Z1	*nbt pr*	房子的女主人，妻子，地位高的女人（陰性名詞）
 G16	*nbty*	雙女神名，法老的一種頭銜。雙女神指的是代表上下埃及的兩位女神娜荷貝特女神（Nekhbet）和瓦潔特女神（Wadjet），象徵兩地之王。（女神名）
 S12	*nbw*	黃金（名詞）
 Aa27-W24-D40	*nḏ*	保護（動詞）
 M29-G17	*nḏm*	甜的（形容詞）
 N35-I10-S29-G37	*nḏs*	小的（形容詞）

 N35-I10-S29-G37-A1	*nḏs*	人，個人，平民（名詞）
 G37	*šrr*	小，年輕，短（動詞）（形容詞）
 N35-I10-S29-G43-G37-A1-Z2	*nḏsw*	地位低的人，卑賤的人（名詞）
 N35-I9	*nf*	那，那些（指示詞）
 F35-I9-D21	*nfr*	漂亮的，好的，美麗的，完美的（形容詞）
 F35-D21-X1-E1-Z2	*nfrt*	牛（名詞）
 F35-F35-F35	*nfrw*	完美，極好，壯麗（名詞）
 N35-I9-X1-P5-Z7	*nft*	呼吸，風（名詞）
 N35-W11-G1-G43-E1	*ngꜣw*	長角公牛（名詞）
 N35-M16-Aa2-X1-F34-Z1	*nḥꜣt ib*	悲傷（名詞）

 N35-G21-V28-D58-X1-F51	*nḥbt*	脖子（名詞）
 G21-V28-V28-N5	*nḥḥ*	永恆，永遠（名詞）
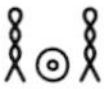 V28-N5-V28	*nḥḥ*	永恆，永遠（名詞）
 N35-O4-Q3-A2	*nhp*	關心（名詞）
 N35-O4-Q3-G43-N5	*nhpw*	清晨（名詞）
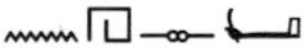 N35-O4-O34-D40	*nhsi*	喚醒（動詞）
 N35-G21-V28-S29-Z4-T14-A1	*nḥsy*	努比亞（Nubia） （地名）
 N35-M17-S29-A2	*nis*	召喚（動詞）
 N35-M17-G43-G34	*niw*	鴕鳥（名詞）
 O49-X1-Z1	*niwt*	城市，城鎮（名詞）

 O49-X1-G4-A1-Z2	*niwtyw*	市民，鎮民（名詞）
 N35-V31-N35-T31-Z1	*nkn*	劍（名詞）
 M29-G17-D36	*nmꜥ*	問題（動詞）
 N35-T34-G17-D36-A55	*nmꜥ*	去睡覺，安眠（動詞）
 N35-T34-G17-V28-A17-G37	*nmḥ*	貧窮，潦倒（動詞）（名詞）
 D54-X1-Z1	*nmtt*	腳步，行程，旅行（名詞）
 N35-T34-G17-X1-X1-Z2	*nmtt*	腳步，行程，旅行（名詞）
 N35-T34-G17-A282	*nmw*	矮（形容詞）
 D35-N35	*nn*	不，沒有，除外（否定介副詞）
 M22-M22	*nn*	這，這裡（複數型）

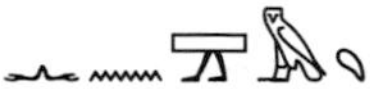 D35-N35-N40-G17-F51	*nnšm*	脾（名詞）
 N35-D21-D40	*nri*	害怕某人，敬畏
 F20	*ns*	舌頭（名詞）
 N35-N37-G17-X1-P3	*nšmt*	奧西里斯的聖遊行船 (Neshmet boat)（名詞）
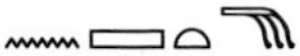 N35-N37-X1-D3	*nšt*	理髮師（名詞）
 M23-X1-N35	*nsw*	上埃及國王，國王（名詞）
 M23-X1-N35-A40	*nsw*	國王（名詞）
 M23-X1-L2-X1	*nsw bity*	上埃及和下埃及國王，統一兩地之王（名詞）
 N35-X1	*nt*	屬於……的（陰性所有格）（形容詞）

 R8-Z1	*nṯr*	神（名詞）
 R8-F35	*nṯr nfr*	完美之神，一種國王頭銜（名詞 - 頭銜）
 R8-R8-R8	*nṯrw*	眾神，諸神，神（多位、複數）（複數名詞）
 R8-R8-R8-O49-G1	*nṯrw*	庇佑城鎮的諸路神（名詞）
 N35-U19-W24-G43-D4-A1	*nw*	獵人（名詞）
 W24-Z1	*nw*	屬於……的（複數所有格）（形容詞）
 O49-X1-Z1	*nwt*	城鎮（名詞）
 W24-X1-N1-B1	*nwt*	努特（Nut），天空之神，蓋柏的妻子。（女神名）
 W24-X1-V1-Z2	*nwt*	線（名詞）

n

 N35-Aa1-M12-G1-Aa1-M12-G1-S45	*nḫꜣḫꜣ*	下垂（形容詞）
 N35-Aa1-D58-M22-X1-G14	*nḫbt*	娜荷貝特(Nekhbet)：上埃及的象徵及守護神，形象是一隻禿鷹。（女神名）
 S45	*nḫnḫꜣ*	連枷（打穀物工具或是武器）（名詞）
 A24	*nḫt*	強壯的，勝利的，有力的（形容詞）
 N35-Aa1-N35-X1-A17	*nḫt*	年輕人（名詞）
 N35-M3-Aa1-X1-A24	*nḫt*	強壯的，勝利的，有力的（形容詞）
 N35	*ny*	對……，為……
 N35-Z2	*ny*	我們，我們的（後綴代名詞）
 N35-M17-N35-M17	*nyny*	問候！（招呼語）

n

 Q3	*p*	單音節發音符號之一，發音有如音標〔*p*〕（單音節發聲符號）
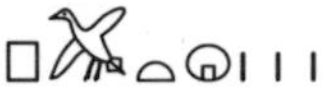 Q3-G40-X1-X6-Z2	*pꜣt*	遠古，時間之初（名詞）
 Q3-G40-Aa1	*pꜣẖ*	劃，刮，抓（動詞）
 Q3-I9	*pf*	那，那是（指示代名詞）
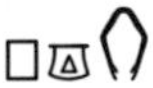 Q3-W11-D32	*pgꜣ*	打開（動詞）
 Q3-W11-W10	*pgꜣ*	碗（名詞）
 F22-X1-Z4-D36	*pḥty*	力量（名詞）
 F9-F9	*pḥty*	力量（名詞）
 F22-G43-G43-N21-Z2	*pḥww*	遙遠的北方（名詞）

Q3-N35	*pn*	這，這是（指示代名詞）
Q3-N35-S29-N23	*pns*	粘土（名詞）
Q3-N29-D21-M3	*pḳr*	波克爾（Poker）（地名）
F20-O1	*pr*	管理房舍之人，管家（名詞）
O1-Z1	*pr*	房子，宮殿，廟宇（名詞）
O1-Z1-A1-B1-Z2	*pr*	家庭（名詞）
O1-O29	*pr ꜥ3*	法老（名詞）
O1-O29-O1	*pr ꜥ3*	大房子，宮殿（名詞）
O1-Z1-F35-I9-D21	*pr nfr*	殯葬工坊（名詞）
O62	*pr nfr*	殯葬工坊（名詞）

 O1-D19-O1	*pr ẖnty*	後宮（名詞）
 O1-Z1-T28-D21-Z4	*pr ẖry*	地下（名詞）
 O1-D21-D54	*pri*	出去，出來，逃避（動詞）
 O1-D21-X1-D54	*prt*	出行，遊行儀式（名詞）
 O3	*prt ẖrw*	頌祭，口頭獻祭（名詞）
 Q3-S29-I10-Z15h	*psḏ*	九（數量單位）
 Z15h	*psḏ*	九（數量單位）
 Q7	*psi*	煮（動詞）
 Q3-X1-N1	*pt*	天空，天堂（名詞）

p

Q3-X1-V28-A40	*ptḥ*	普塔（Ptah），孟菲斯城的主神，創造之神、工匠守護神。（男神名）
Q3-X1-D21-M6	*ptr*	誰？（疑問句）
Q3-X1-D21-D6	*ptr*	觀察，觀看（動詞）
Q3-G43	*pw*	這，這是（指示代名詞）
F46-D21-G36-D21-N35a-N36	*pẖr wr*	幼發拉底河（Euphrates）（地名）
F48-D21-X1-Z4-D54	*pẖrty*	旅客，旅人（名詞）

ḳ

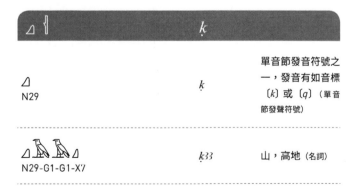

N29	*ḳ*	單音節發音符號之一，發音有如音標〔*k*〕或〔*q*〕（單音節發聲符號）
N29-G1-G1-X7	*ḳ33*	山，高地（名詞）

 A28	*ḳꜣt*	高度（名詞）
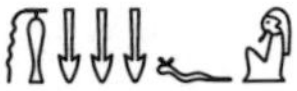 W15-T22-T22-T22-I9-A40	*ḳbḥ snw*	凱布山納夫（Qebshenuf），荷魯斯四子之一，在卡諾卜罈(canopic jars）中以老鷹或禿鷲首造型負責保護腸。（男神名）
 M40-D46-A35	*ḳd*	建造（動詞）
 Aa28-O36-A1	*ḳd*	建設者（名詞）
 Aa28-D46-D46-W24-D7	*ḳdd*	睡覺（名詞）
 Aa28-X1-O39	*ḳdt*	凱特(Kite)，重量單位，約9.1克，相當於迪本(deben)的十分之一。（名詞）
 N29-M17-S29-O49	*ḳis*	基斯（Qis）（地名）

 N29-U1-G1-G17-T14-Y1	*ḳmꜣ*	投擲，創造，生成，生產，捶打（動詞）
 N29-D21-S29-Q6	*ḳrs*	埋葬，安葬（動詞）
 N29-D21-S29-T19-A24	*ḳrs*	葬禮（名詞）
 Q6	*ḳrs*	埋葬（動詞）
 N29-D21-S29-X1-Q6	*ḳrst*	埋葬，安葬

 *r*

 D21	*r*	單音節發音符號之一，發音有如音標〔*r*〕（單音節發聲符號）
 D21	*r*	朝著……（移動、前進），在……（地點），為了……（介係詞）

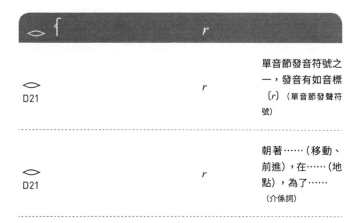

D21-Z1	*r*	嘴，開口，說話，言語，語言（名詞）
D21-Z1-D36-D36-O1	*r ʿwy*	門（名詞）
D21-O1	*r pr*	寺廟，殿堂（名詞）
D21-Z1-S29-X1-U30-G1-V2-D54	*r stꜣ*	斜坡（名詞）
D21-Z1-V2-V2-V2-N25	*r stꜣw*	墓地（名詞）
D21-D36-N5	*rʿ*	太陽，白天（名詞）
D21-D36-N5-A40	*rʿ*	拉（Re 或 Ra），太陽神，諸神中最高神祇。（男神名）
N5-Z1	*rʿ*	太陽，白天（名詞）
D56	*rd*	腳（名詞）

 D21-D37	*rdi*	給，放置，給予，安排，任命，任命某人去做某事，許可，授予（動詞）
 D21-X8	*rdi*	給，放置，給予，安排，任命，任命某人去做某事，許可，授予（動詞）
 D21-D37-G17-N16-N23-Z1	*rdi m t3*	埋葬（動詞）
 D21-D46-D56-D56-D56	*rdwy*	雙腿（名詞）
 D21-G17-K1-Z2	*rm*	魚（名詞）
 A1-A1-A1	*rmṯ*	人，人類，埃及人（集合名詞）
 D21-V13-A1-B1-Z2	*rmṯt*	人，人們（集合名詞）
 D21-G17-D9	*rmw*	哭泣（動詞）
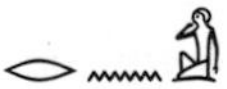 D21-N35-A2	*rn*	名字（名詞）

 M4-X1-Z1	*rnpt*	年（名詞）
 M4-X1-Aa1	*rnpt sp*	帝王紀年，年號（名詞）
 D21-Z1-Q3-N29-D21-M3	*rpḳr*	洛坡克爾（Ro-poker）（地名）
 M6-D21	*rr*	時間（名詞）
 D21-S29-G43-X1-T13-D4	*rswt*	夢（名詞）
M24	*rsy*	南方，南邊，南部（名詞）
 D21-D46-O40	*rwḏ*	樓梯，階梯（名詞）
 D21-G43-D46-O40	*rwdw*	樓梯，階梯（名詞）
 D21-Aa1-Y1	*rḫ*	知道，學習（名詞）
 D21-Aa1-Y1-A1	*rḫ*	智者，有智慧的人（名詞）

 M23-Aa1	*rḫ nsw*	國王的顧問，國王的親信（名詞 - 頭銜）
 M23-D21-Aa1-A1	*rḫ nsw*	國王的顧問，國王的親信（名詞 - 頭銜）
 D21-Aa1-X1-Y1	*rḫt*	知識，數目，數量（名詞）
 D21-Aa1-X1-D36	*rḫt*	洗衣（動詞）

š s

 N37	*š*	單音節發音符號之一，發音有如音標〔*š*〕或〔*sh*〕（單音節發聲符號）
 O34	*s*	單音節發音符號之一，發音有如音標〔*s*〕（單音節發聲符號）
 O34	*s*	她，它（後綴代名詞）

	O34-A1-Z1	*s*	男人，某人，任何人（名詞）
	S29	*s*	她，它，她的，它的（後綴代名詞）
	S29	*s*	單音節發音符號之一，發音有如音標〔*s*〕（單音節發聲符號）
	E12	*š3*	豬（名詞）
	G39-A1	*s3*	兒子（名詞）
	G39-N16-I14	*s3 t3*	蛇（名詞）
	S29-Aa17-G1-G1-A2	*s33*	智慧（名詞）
	S29-O29-D36	*sꜥ3y*	促進，提升（動詞）
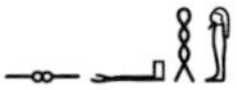	O34-D36-V28-A53	*sꜥḥ*	木乃伊，製成木乃伊化的人（名詞）

 O34-D36-V28-S20-A50	*sꜥḥ*	木乃伊，製成木乃伊化的人（名詞）
 S29-S34-N35-Aa1	*sꜥnḫ*	給予某人生命，復活某人，使某人永生（動詞）
 M8-N29-F28	*šꜣḳ*	袋子（名詞）
 G39-X1-B1	*sꜣt*	女兒（名詞）
 N37-D36-X1-F41-T30	*šꜥt*	刀（名詞）
 O34-G39-G1-X1-O36-N23-Z1	*sꜣt*	壁，牆（名詞）
 V17-G43-A1	*sꜣw*	魔術師，魔法師，幻術師（名詞）
 S29-Aa1-G25	*sꜣḫ*	轉化成為全靈(ankh-spirit)（動詞）
 N37-D36-Z4-N33-Z2	*šꜥy*	砂（名詞）
 S29-D58-N14-G1-A24	*sbꜣ*	教，教學，傳授（動詞）（名詞）

š s

 S29-D58-N14-Z1-D46-V4-G43-N14	*sb3 dw3w*	晨星（名詞）
 S29-D58-M17-T14-A14	*sbỉ*	反叛（動詞），反叛者（名詞）
 T14-A14	*sbỉ*	反叛（動詞），反叛者（名詞）
 I5a-A40	*sbk*	索貝克（Sobek），鱷魚神，戰爭之神，王權的守護神。（男神名）
 S29-D58-V31-I5	*sbk*	索貝克（Sobek），鱷魚神，戰爭之神，王權的守護神。（男神名）
 S29-D58-M17-X1-W10-F18	*sbṯ*	笑（動詞）
 N37-D58-G43-S11	*šbw*	項鍊（名詞）
 S29-U28-G1-D54	*sḏ3*	旅行，離去，意識到將死去（動詞）
 F30-D46-A2	*šdi*	讀，朗讀，背誦（動詞）

 F21-G17	*sḏm*	聽，聽到，傾聽（動詞）
 S29-M36-D21-X1-A55	*sḏryt*	守夜，守靈（名詞）
 F30-D46-Z7-P1	*šdw*	筏（名詞）
 T30-X1-G1	*sftw*	屠夫（名詞）
 S29-I9-Aa1-S28	*sfẖ*	淨化（動詞）
 S29-I9-Aa1-Z15f	*sfẖw*	七（數量單位）
 Z15f	*sfẖw*	七（數量單位）
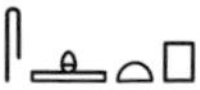 S29-R4-X1-Q3	*sḥtp*	使……滿意（動詞）
 S29-M17-G1-X1-D57	*siꜣty*	騙子（名詞）
 S29-M17-K1-N35-D54	*sin*	等待（動詞）

š s

 S29-M17-K1-N35-D54	*sin*	跑（動詞）
 S29-M17-N35-Aa2-D54	*sin*	死去，逝世，過世（動詞）
 S29-M17-S29-Z15e	*sis*	六（數量單位）
 Z15e	*sis*	六（數量單位）
 O34-V31-D21-G10	*skr*	索卡爾（Seker），孟菲斯墓地守護神，手工匠人守護神，也是大地和富饒之神。（男神名）
 S29-V29-V31-S29-V29-V31-D40	*sksk*	破壞（動詞）
 S29-M21-G17-Z4-A2	*sm*	幫助，救援（動詞）
 M26	*šmꜥ*	上埃及（名詞）
 M8-G1-G17	*šmꜣ*	岳父（名詞）

 M26	*šm3w*	上埃及（名詞）
 S29-V22	*smḥ*	莎草船（名詞）
 S29-W19-M17-A2	*smỉ*	報告，宣布（動詞）（名詞）
 S29-Y5-N35-G4-A33	*smntyw*	使者，大使，使臣（名詞 - 頭銜）
 S29-U23-D21-A1	*smr*	侍臣，國王的夥伴（名詞 - 頭銜）
 S29-U23-A1-Z2	*smrw*	朋友（名詞）
 S29-U23-U23-U23	*smrw*	朋友（名詞）
 T18-S29-D54	*šms*	跟隨，服務，帶來（動詞）
 A20	*smsw*	老的，年長的（形容詞）
 S29-G17-S29-G43-A20	*smsw*	老人，年長的（形容詞）

T18-G43-A1	*šmsw*	隨員，隨從，追隨者（名詞）
T18-S29-Z7-D54-A1-Z2	*šmsw*	跟隨（名詞）
N37-G17-X1	*šmt*	岳母（名詞）
N37-N35a-N5	*šmw*	夏季（名詞）
N25	*smyt*	沙漠，墓地（名詞）
O34-X1-N25	*smyt*	沙漠，墓地（名詞）
O34-X1-N25-A1-Z1	*smyty*	大墓地工作的工人（名詞）
O34-N35-Z2	*sn*	他們，他們的（後綴代名詞）
S29-N35-Z2	*sn*	他們，他們的（後綴代名詞）
T22-N35-A1	*sn*	兄弟（名詞）

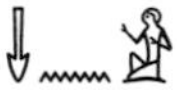	T22-N35-A1	*sn*	丈夫（名詞）
	T22-N35-D19	*sn*	聞香，呼吸空氣，親吻（動詞）
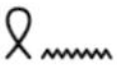	V7-N35	*šn*	神環，一種神器，也可以作為神名字的裝飾用法（神名諱修飾語）
	N37-N35-D36-V37	*šnꜥw*	倉庫，供應區，勞務所（名詞）
	U13-D36-O1	*šnꜥw*	倉庫，供應區，勞務所（名詞）
	S29-N35-D58-Y1	*snb*	健康的（形容詞），健康（名詞）
	S29-F35-I9-D21	*snfr*	提高，改善（動詞）
	O34-N35-I9-D26-Z2	*snfw*	血液（名詞）
	V7-N35-Z4-A2	*šni*	詛咒（動詞）

 S29-N35-N29-D27	*snḳ*	吸吮（動詞）
 O34-N35-S29-G43-A2-Z2	*snsw*	崇拜（名詞）
 O34-N35-S29-Z4-A2	*snsy*	崇拜（動詞）
 T22-N35-X1-B1	*snt*	姐妹（名詞）
 R7	*snṯr*	焚香（動詞）
 R8-T22-N35-V13-D21-M5-N33-Z2	*snṯr*	儀式用的香（名詞）
 R8-T22-V13-D21-N33a	*snṯr*	儀式用香，乳香（名詞）
 T22-W24-Z4a	*snw*	二（數量單位）
 Z4a	*snw*	二（數量單位）
 T22-N35-N35-W24-X1-G43-A1-B1-Z2	*snw snwt*	兄弟姐妹（名詞）

š s

 O51-X1-O1	*šnwt*	糧倉（名詞）
 V7-N35-M17-M17-X1-A20-A1-Z2	*šnwt*或*šnyt*	隨行人員（名詞）
 O34-Q3-O50	*sp*	時刻，行為（名詞）
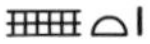 N24-X1-Z1	*spꜣt*	地區，區域（名詞）
 M44-X1-B1	*spdt*	索普德特（Sopdet 或 Sothis），天狼星神。（女神名）
 S29-Q3-D46-X1-M44	*spdt*	三角形（名詞）
 S29-Q3-V28-V1	*spḥ*	套，套索，套繩捕捉……獵物（動詞）
 S29-Q3-Z7	*spi*	將……綁在一起（動詞）
 F42-Z1-F51	*spr*	肋骨（名詞）
 A51-S29	*šps nsw*	國王的高級官員（名詞 - 頭銜）

š s

 A51-S29	*šps wt*	高貴（名詞）
 A50-S29-S29-Y1-Z2	*špssw*	財富，珍貴的東西，高貴，珍饈（名詞）
 A50-S29-Z4-Y1	*špsy*	高貴，昂貴，有價值的（形容詞）
 O34-Q3-X1-N21	*spt*	岸（名詞）
 S29-N29-D58-V28-W16	*sḳbḥ*	放輕鬆，鎮定下來（動詞）
 S29-Aa28-P1	*sḳdy*	旅行，航行，航行中的船（動詞）
 A21	*sr*	貴族，長官，具執法權的長官（名詞）
 S29-D21-A21	*sr*	貴族，官員（名詞）
 O34-D21-E10	*sr*	公羊，綿羊（名詞）
 N37-D21-G37-A1	*šri*	小伙子，小兒子（陽性名詞）

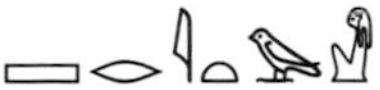 N37-D21-M17-X1-G37-B1	*šrit*	女兒（陰性名詞）
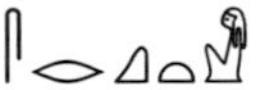 S29-D21-N29-X1-B1	*srḳt*	塞爾凱特（Serket 或 Selket）治癒毒蟲咬傷的女神、死者保護神，形象是一隻蠍子或是頭頂蠍子的女神。（女神名）
 N37-D21-X1-D19	*šrt*	鼻子，鼻孔（名詞）
 O34-D21-G43-G54	*srw*	鵝（名詞）
 S29-D21-Aa1-A2	*srḫ*	抱怨，指責（動詞）
 N37-S29-V6-W3	*šs*	雪花石膏石，雪花石膏石造的船隻或器物（名詞）
 V6	*šs*	繩（名詞）
 M23-X1-N35-D36-N35-Y3-A1	*sš ꜥn nsw*	國王身邊的記錄抄寫員，史官，起居郎（名詞 - 頭銜）

	S29-T31-G17-Y1-Z2	*sšm*	指導，程序，行為（動詞）
	M9-Z1	*sšn*	蓮花（名詞）
	O41-Q3	*šsp*	接受（動詞）
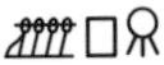	O42-Q3-N8	*šsp*	白色的，明亮的（形容詞）
	O34-N37-X1-U30-G1-Z9-Y1	*šstꜣ*	秘密的，神秘的（形容詞）
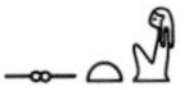	O34-X1-B1	*st*	女人，妻子（名詞）
	Q1-X1-O1	*st*	座位，地方，位置，地位（名詞）
	V1	*št*	一百（數量單位）
	Q1-X1-D36-Z1-G37-Z2	*stʿ*	能力（名詞）
	Q1-X1-F34	*st ib*	喜歡，親密（名詞）

š s

 X1-Q1-N36-Aa1-D21-X1-F34-Z1	*st ḫrt ib*	信心（名詞）
 Q1-U33-M17	*sti*	接班人（陽性名詞）
 S29-X1-F29	*sti*	射，刺（動詞）
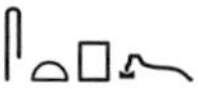 S29-X1-Q3-U21	*stp*	挑選，選擇(動詞)，精選的（形容詞）
 Q1-X1-X1-O1	*stt*	接班人（陰性名詞）
 C7	*stẖ*	賽特（Seth），乾旱之神，風暴之神。（男神名）
 E21	*stẖ*	賽特（Seth），乾旱之神，風暴之神。（男神名）
 O34-X1-M41	*sty*	香氣（名詞）
 F29-X1-G4-T14-A1-Z2	*styw*	亞洲人（名詞）

 N37-X1-M17-M17-G43	*štyw*	當作供品或祭品的麵包（名詞）
 H6-G43	*šw*	不受控制，脫離掌握（動詞）
 H6-G43-A40	*šw*	舒（Shu），風神，拉之子，泰芙努特的丈夫。（男神名）
 M23-G43	*sw*	他，它（依附代詞）
 S29-V4-G1--N31-D54	*swꜣ*	通過，路過，超越（動詞）
 Z9-D54	*swꜣ*	通過，路過，超越（動詞）
 S29-D60	*swꜥb*	清潔，淨化，裝飾（動詞）
 S29-V24-G43-A2	*swḏ*	遺贈，遺產（動詞）
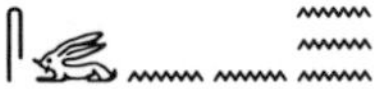 S29-E34-N35-N35-N35a	*swnnw*	池塘（名詞）
 S29-M42-N35-W24-O36-O1	*swnw*	塔（名詞）

 A2	*swr*	喝（動詞）
 S29-Z7-N37-D21-N5	*swšr*	使乾燥（動詞）
 H6-X1-Z1	*šwt*	羽毛（名詞）
 O34-Aa1-D49	*sẖi*	打，揍（動詞）
 S29-Aa1-A24	*sẖi*	打，揍（動詞）
 S42-Aa1-X1-B1	*sẖmt*	塞赫麥特(Sekhmet)烈火、戰爭、復仇、月經和醫療女神，掌管戰爭、疾病及惡靈，普塔之妻，形象為獅頭人身。（女神名）
 S42-Aa1-G17-Aa1-F34-Z1	*sẖmẖ ib*	快樂（名詞）
 S29-W17-N35-X1	*sẖnt*	促進，增強（動詞）

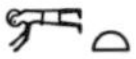 A15-X1	*sḫr*	推翻，打倒，闖入（動詞）
 S29-Aa1-D21-A15	*sḫr*	推翻，打倒（動詞）
 S29-Aa1-D21-Y1	*sḫr*	計劃，治理，行為（名詞）
 S29-U34-I9	*sḫsf*	保持距離，維持現況（動詞）
 S29-Aa1-X1-A24	*sḫt*	吹（動詞）
 S29-Aa1-X1-M20-N21	*sḫt*	沼澤地，田野，鄉村（名詞）
 S29-Aa1-G43-W10	*sḫw*	寬度（名詞）
 S29-Z4	*sy*	她，它（依附代詞）

 *ṯ t*

 V13	*ṯ*	單音節發音符號之一，發音有如音標〔*ṯ*〕或〔*tj*〕（單音節發聲符號）
 V13	*ṯ*	妳，妳的（陰性後綴代名詞）
 X1	*t*	單音節發音符號之一，發音有如音標〔*t*〕（單音節發聲符號）
 X1	*t*	妳，妳的（陰性後綴代名詞）
 X1-X2-Z8-Z2	*t*	麵包（名詞）
 X2	*t*	麵包（名詞）
 A17-D53	*ṯꜣ*	男孩（名詞）
 N16-N23-Z1	*tꜣ*	陸地，土地，地面（名詞）

ṯ t

N16-U7-D21-M17-N37-O49	*tꜣ mri*	埃及（地名）
R18	*tꜣ wr*	塔烏爾（Tawer，今日之提尼斯〔Thinis〕）（地名）
G47-G1-Z7-Y1	*ṯꜣw*	書（名詞）
P5-G43	*ṯꜣw*	風，空氣，呼吸（名詞）
X1-U30-G1-Q7	*tꜣw*	熱（名詞）
N16-N16	*tꜣwy*	兩地，是埃及上下兩地的合稱（名詞）
X1-I9	*tf*	那，那是；在那邊，那（陰性指示代名詞）
X1-I9-D56-D54	*tfi*	躍，跳（動詞）
X1-I9-N35-X1	*tfnt*	泰芙努特（Tefnut），雨神，拉之女，舒的妻子。（女神名）

 X1-I9-N35-X1-I12	*tfnt*	泰芙努特（Tefnut），雨神，拉之女，舒的妻子。（女神名）
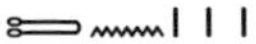 V13-N35-Z2	*ṯn*	你們，你們的（複數後綴代名詞）
 X1-N35	*tn*	這個，這（陰性指示形容詞）
 X1-N35-Z2	*tn*	你們，你們的（複數後綴代名詞）
 D1-Z1	*tp*	頭，負責人，領隊（名詞）
 D1-Q3-D36-Z1	*tp ꜥ*	祖先（名詞）
 D1-M4-X1-W4	*tp rnpt*	農曆新年（名詞）
 D1-Q3-Z4	*tpy*	在上位者，首領，領導人（名詞）
 T8	*tpy*	在上位者，首領，領導人（名詞）
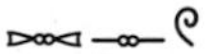 S24-O34-Z7	*ṯs*	繫，打結，分配（動詞）

S24-O34-G43-N23-Z1	*ṯsi*	岸，沙灘（名詞）
X1-G43	*tw*	你，你的（從屬代名詞）
V13-G43	*ṯw*	你，你的（從屬代名詞）
O25	*tḫn*	方尖碑（名詞）
X1- Aa1-N35-O25	*tḫn*	方尖碑（名詞）

w

G43	*w*	單音節發音符號之一，發音有如音標〔*w*〕（單音節發聲符號）
V1	*w*	單音節發音符號之一，發音有如音標〔*w*〕（單音節發聲符號）
T21-D36-Z1	*wꜥ*	獨特的，獨一無二（形容詞）

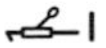 T21-Z1	*wꜥ*	一（數量單位）
 Z1	*wꜥ*	一（數量單位）
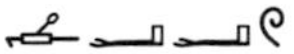 T21-D36-D36-Z7	*wꜥꜥw*	私密，私有物（名詞）
 A6	*wꜥb*	純淨的，純潔的，淨化的（形容詞）
 D60-N35a	*wꜥb*	純淨的，純潔的，淨化的（形容詞）
 D60-N35a-A1	*wꜥb*	純淨的人，也就是瓦布祭司（Web Priest）（名詞）
 A6-D58-G43-X1	*wꜥbwt*	祭司般的服務（形容詞）
 M13-Y1	*wꜣḏ*	新鮮的（形容詞）
 M14	*wꜣḏ*	綠色的（形容詞）
 M13-I10-G36-N35a-N36	*wꜣḏ wr*	大海（名詞）

 M13-M17-M17-X1-I12	*wꜣḏyt*	瓦潔特（Wadjet），蛇神，下埃及的象徵及守護神。形象是蛇首人身，或單以埃及眼鏡蛇的形象出現，或擁有兩個蛇頭的女神。（女神名）
 V4-W11-W3	*wꜣg*	宗教節日瓦格節（Wag）（名詞）
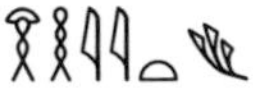 V29-V28-M17-M17-X1-M2	*wꜣḥyt*	玉米（名詞）
 G43-D36-D21-X1-D56-N25	*wꜥrt*	沙漠，高原（名詞）
 S40-G17-G37	*wꜣsi*	破壞（名詞）
 S40-G37	*wꜣsi*	毀壞，腐朽（動詞）
 R19-X1-O49	*wꜣst*	底比斯（Thebes）（地名）
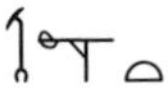 S40-R12-X1	*wꜣst*	底比斯（Thebes）（地名）

w

N31-X1-Z1	*w3t*	道路，路線（名詞）
V4-G1-X1-N31	*w3t*	道路，路線（名詞）
T21-D36-X1-A13	*wꜥty*	俘虜（名詞）
T21-X1-Z4-E31	*wꜥty*	山羊（名詞）
G43-D36-G43-D40	*wꜥw*	士兵（名詞）
V4-G1-Aa1-M15-M2-Z2	*w3ḫ*	洪水（名詞）
U26	*wb3*	打開（動詞），上酒的人，持酒的人（名詞）
U26-D58-D40	*wb3*	侍酒師，管家（名詞）
U26	*wb3t*	女侍酒師，女管家（陰性名詞）
G43-V24	*wḏ*	命令（動詞）（名詞）

 V25-G43-O26	*wḏ*	刻有文字的碑或匾（名詞）
 V25-G43-V12	*wḏ*	銘文，碑文（名詞）
 V25-G43-Y1	*wḏ*	銘文，碑文，刻有文字的碑或匾（名詞）
 G43-U28-D54	*wḏꜣ*	出發，前進（動詞）
 G43-U28-G1-G43-Y1-Z2	*wḏꜣw*	護身符，保護法術（名詞）
 G43-U28-G1-Z7-Y1	*wḏꜣw*	幸福，繁榮，昌盛（名詞）
 V24-D58-N20-N23-Z1	*wḏb*	河岸（名詞）
 V25-D58-N20-Z2	*wḏb*	海岸（名詞）
 G43-I10-N35-W24-Z7-N35a	*wḏnw*	洪水，氾濫（名詞）
 F25-G17	*wḥm*	重複（動詞）

F25-G17	*wḥm*	報告者	（名詞）
F25-G17	*wḥm*	傳令官	（名詞 - 頭銜）
G43-V28-M17-M17-X1-O49	*wḥyt*	村落，小村子	（名詞）
Z7-A1	*wi*	我	（依附代詞）
G43-A1	*wi*	我，我的	（第一人稱單數型）
G43-M17-A53	*wi*	木乃伊棺	（名詞）
E34-N35-O31	*wn*	打開	（動詞）
E34-Z1	*wn*	兔子	（名詞）
X7-X7-A2	*wnm*	吃	（動詞）
Z11-A2	*wnm*	吃	（動詞）

 Z11-G17-X1-X4-Z2	*wnmt*	食物，飼料（名詞）
 R14-G17-Z4-D41	*wnmy*	右手，右邊，右方（名詞）
 E34-N35-N35	*wnn*	是，做（動詞）
 E34-N35-F35-A40	*wnn nfrw*	十九王朝時期奧西里斯高級祭司，維那那伏勒（Wenennefer）的名字。（人名）
 E34-N35-W24-X1-N14-N5	*wnwt*	祭司團（名詞）
 E34-N35-X1-N14-Z2	*wnwt*	祭司（名詞）
 N14-X1-Z1	*wnwt*	時間計量單位：小時，一小時的時間（名詞）
 F13-N31-X1-Z2-E18	*wp w3wt*	韋普瓦韋特（Wepwawet），戰神。（男神名）
 F13-Q3-Z9	*wpi*	公開，開放，分開，打開（動詞）

w

F13-X1-Z1-M4-X1-Z1	*wpt rnpt*	元旦（名詞）
A19-A1	*wr*	大人物，大官（名詞）
G36-D21	*wr*	偉大的，重要的（形容詞）
G36-D21-M17-M17-X1-T17	*wrryt*	戰車（名詞）
G36-D21-X1-S2	*wrt*	上埃及的皇冠（名詞）
G36-D21-X1-S4	*wrt*	下埃及的皇冠（名詞）
G36-X1-P3	*wrt*	聖船（名詞）
G36-D21	*wrw*	大人物，高官（名詞）
G43-M8-G1-G43-N2-Z3	*wš3w*	黑暗（名詞）
F12	*wsr*	強大，優越，勝過（形容詞）

 F12-S29-D21	*wsr*	強壯的，強大的（形容詞）
 F12-S29-D21-D40-A1	*wsr*	富人（名詞）
 F12-S29-D21-X1	*wsrt*	強壯的，強大的，常用在人名上。例如「沃絲列特（Wosret）」就是名詞化的名字。（陰性形容詞）
 F12-S29-D21-G43-D40-Z2	*wsrw*	力量，能力（名詞）
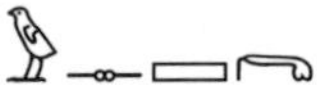 G43-O34-N37-D53	*wsš*	排尿，小便（動詞）
 Aa2-D36	*wt*	綁定，綁住，綁纏繞繃帶（動詞）
 G43-X1-Aa2	*wt*	防腐室，處理防腐的地方（名詞）
 G43-X1-Aa1-D54	*wtḫ*	逃離（動詞）
 G43-Aa1-N2	*wḫ*	晚上（名詞）

w

 G43-M12-G1-D54	*wḫꜣ*	尋求，尋找（動詞）

 *ḫ ẖ*

 Aa1	*ḫ*	單音節發音符號之一，發音有如音標〔*ḫ*〕或〔*x*〕（單音節發聲符號）
 F32	*ẖ*	單音節發音符號之一，發音有如音標〔*ẖ*〕或〔*x*〕（單音節發聲符號）
 M12	*ḫꜣ*	一千（數量單位）
 M12-G1-D58-E25	*ḫꜣb*	河馬（名詞）
 Aa1-D36-G17-Z7-F10-F51	*ḫꜥmw*	喉（名詞）
 N25-X1-Z1-T14-A1-B1-Z2	*ḫꜣstyw*	外國人，沙漠居民（名詞）
 A55	*ẖꜣt*	屍體（名詞）

ḫ ẖ

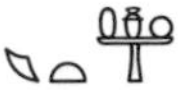	L6-X1-R1	*ḫ3wt*	壇（名詞）
	N2	*ḫ3wy*	夜晚（名詞）
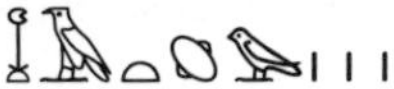	M12-G1-X1-Aa2-G37-Z2	*ḫ3yt*	疾病（名詞）
	Aa1-D58-Z9-D40	*ḫbi*	減少，減去（動詞）
	Aa1-D58-X1-A32	*ḫbt*	舞蹈（名詞）
	Aa1-D46-P1	*ḫdi*	向下航行，向北航行，順流航行（動詞）
	Aa1-I9-X1-A14	*ḫfty*	敵人（名詞）
	Aa1-Y5-N35-Z15g	*ḫmn*	八（數量單位）
	Z15g	*ḫmn*	八（數量單位）
	Aa1-D52-X1-Z2	*ḫmt*	三（數量單位）

 Z2	*ḫmt*	三（數量單位）
 D23	*ḫmt rw*	四分之三（名詞）
 Aa1-N35-T34-G17-D19-A2	*ḫnm*	吹噓，高興（動詞）
 Aa1-N35-T34-G17-S29-A21-G41-Y1-Z2	*ḫnms*	蚊子（名詞）
 Aa1-N35-T34-S29-A1	*ḫnms*	朋友，親戚（名詞）
 W9-X1-N42-N35a	*ẖnmt*	水井，蓄水池（名詞）
 W9-G17-C4	*ẖnmw*	庫努牡（Khnum），尼羅河源頭之神、造物之神，傳說以黏土創造人類以及各種動物，形象是公羊頭人身。（男神名）
 D19-X1-O1	*ḫnrt*	監獄（名詞）

ḫ ẖ

 Aa1-N35-O34-M23-G45-G7	*ḫnsw*	孔斯（Khons或Chons），月神、漫遊者之神、光與夜之神，保護人不受野外動物侵襲。常以木乃伊的形象出現，以小孩造型出現時表示新月，以成年男子形象出現時表示滿月。有時他頭部被描繪成隼頭（與荷魯斯相近但不同），戴著與「拉神」頭上日輪相似的月輪（男神名）
 W18-N35-X1	*ḫnt*	在…之前，在前方（介係詞）
 W18-N35-X1-V36-F35-N25	*ḫnt ḥn nfr*	努比亞（Nubia）（地名）
 W17-N35-X1-P2	*ḫnti*	向上游航行，向南行駛（動詞）
 D33-X1-Z4-A53	*ẖnty*	雕像（名詞）
 W18-N35-X1-Z4	*ḫnty*	最重要的，突出的，主要的（形容詞）

	F26-N35-O1-O49	*ẖnw*	住宅，民居，住所（名詞）
	Aa1-Q3-A14	*ḫpi*	死（動詞）
	L1-D21	*ḫpr*	成為，變成，發生（動詞）
	L1-D21	*ḫpr*	存在，型態，形式（名詞）
	L1-D21-M17-A40	*ḫprr*	凱布利（Khepri），早晨的太陽神，象徵日出及再生，形象為聖甲蟲或甲蟲頭人身。（男神名）
	L1-Z1	*ḫprr*	聖甲蟲（名詞）
	Aa1-Q3-N37-F23	*ḫpš*	動物的前腿，強壯的手臂（名詞）
	Aa1-Q3-X1-D54	*ḫpt*	死亡（名詞）
	A15	*ḫr*	軍事失利，挫敗（動詞）

 Aa1-D21	*ḫr*	在……之前
 Aa1-D21-A15	*ḫr*	摔倒（動詞）
 A17-A1	*ẖrd*	兒童，小孩（名詞）
 A17-A1	*ẖrd*	成為一個小孩（動詞）
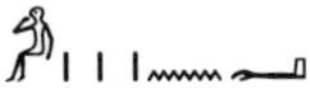 A17-Z2-N35-D42	*ẖrdw n mḥ*	小孩子（名詞）
 S42	*ḫrp*	控制（動詞）。頭銜的一種，表示是主管或負責人（名詞）
 T28-X1-N5	*ẖrt hrw*	每天的工作，日程作息（名詞）
 Aa1-D21-X1-Y1-Z2-F34-Z1	*ḫrt ib*	願望，偏愛，青睞（名詞）
 R10-D21-N25	*ẖrt nṯr*	墓地（名詞）

A15	*ḫrw*	敵人（名詞）
Aa1-D21-A15	*ḫrw*	敵人（名詞）
P8-G43-A2	*ḫrw*	聲音，聲響（名詞）
N33-D21-M17-M17-N33a	*ḫry*	沒藥，萃取、提煉自沒藥樹的一種藥材。（名詞）
Aa1-S29-D58-I10-N33-Z2	*ḫsbḏ*	青金石（名詞）
U35-A24	*ḫsf*	抵擋，驅逐，擊退（動詞）
U35-P2	*ḫsfw*	逆流航行，向南航行，向上游航行（動詞）
Aa1-X1-Y1-Z2	*ḫt*	東西，財產，物件（名詞）
Aa1-X1-G17-O1	*ḫtm*	雕堡，軍事堡壘，要塞（名詞）

Aa1-X1-G17-S20	*ḫtm*	印章（名詞）
Aa1-X1-G17-S20	*ḫtm*	蓋印，密封，簽約（動詞）
Aa1-X1-G17-X1-S20-Y1	*ḫtmt*	合約，契約（名詞）
Aa1-Z4-Aa28-D46-D12-Y1-V31	*ḫy ḳd .k*	你好嗎？（問候語）

y

M17a	*y*	單音節發音符號之一，發音有如音標〔*y*〕（單音節發聲符號）
Z4	*y*	單音節發音符號之一，發音有如音標〔*y*〕（單音節發聲符號）
M17-M17-N35a-N36-N21-Z1	*ym*	海（名詞）

法老的名字

古埃及法老會有五個「特殊稱號或名字」，分別是荷魯斯名／荷魯斯頭銜（Horus name）、雙女神名／頭銜（Nebty name / two ladies）、黃金荷魯斯名／頭銜（Horus of Gold）、寶座名／頭銜（Throne name / prenomen）、誕生名／原始名（Personal name / nomen）。這五個是逐漸完備的，直到中王國時期才完整。由於歷史久遠與資料的亡佚，迄今法老列表與法老的名字尚有許多缺失。

「特殊稱號」就像中國古代帝王的姓名（以唐玄宗李隆基為例）、謚號（至道大聖大明孝皇帝）、廟號（玄宗）、年號（開元、天寶）、尊號（開元聖文神武皇帝）、與徽號之類的尊貴稱呼。

除了使用時機不一樣之外，每一位法老的「特殊稱號」數量也沒定數，就像古代皇帝愛換年號一樣，有些法老的稱號超過10種以上。

荷魯斯名／荷魯斯頭銜（Horus name）

這是歷史最初、最開始的法老名。荷魯斯是王權與法老守護者，荷魯斯名的特色，是名稱上有荷魯斯的獵鷹圖案。這名字不是用傳統橢圓型的「王名框（cartouche）」，而是一種方形、為「宮殿外牆柱（serekh）」的徽記圖騰。法老正式成為法老王後，在加冕禮上會宣布這一個正式名稱，並記錄在冊。

值得注意的是，荷魯斯名的文字可以翻譯成某種意義，但它同時也是名字而已。例如：唐玄宗，這不過是一種「稱呼」，但同時它也有內涵的意義，比方「含和無欲曰玄；應真主神曰玄」。畢竟大家取名，都會挑選吉利的字來組合。古埃及人也不例外。

在此，以拉美西斯二世（Ramesses II）的荷魯斯名為例：

音標：*ḥqr kʿ-nʿkht mery-Rʿ,*

翻譯：荷魯斯，像公牛一樣強壯，被太陽神-拉-所愛著，偉大的殿下。

雙女神名／頭銜
（Nebty name / two ladies）

雙女神，代表上下埃及統一的象徵。這兩位女神，分別是上埃及守護神——眼鏡蛇女神瓦漈特（Wadjet），上埃及守護神——禿鷹女神娜荷貝特（Nekhbet）。同樣以拉美西斯二世（Ramesses II）的雙女神名為例：

音標：*nebty wer shefyt mek Kemet*

翻譯：女神娜荷貝特、女神瓦漈特，連年豐盛的埃及（「土地」泛指埃及）。

黃金荷魯斯名／頭銜（Horus of Gold）

以荷魯斯名為基礎，加上了黃金符號。由於黃金有「戰勝」的意味，因此這個名字也有荷魯斯（概念上可以代表法老王本人）戰勝敵人，永恆不朽的意思存在。在此，以拉美西斯二世（Ramesses II）的黃金荷魯斯名為例：

音標：*nub ḥqr user-renput, ʿʿ-nehktu*

翻譯：每戰必戰、戰無不勝（每一次戰爭都是勝利者）

王座名（寶座名）、首名（Throne name / prenomen）

王座名或首名的特徵是以王名框（cartouche）形式書寫，王名框前面的開頭，是象徵上下埃及統一的莎草（上埃及）和蜜蜂（下埃及）。因此，這個稱號也就是宣稱自己代表兩地之王。所謂兩地，指的是尼羅河流域和三角綠洲。在此，以拉美西斯二世（Ramesses II）的王座名為例：

音標：*nesu-bity user-Mʿʿt-Rʿ, setep-en-Rʿ*

翻譯：吾乃上下埃及之王，吾是被太陽神-拉-所應允的，吾是被太陽神-拉-所選的。

誕生名、原始名或族名（Personal name / nomen）

這是出生時給予的名字，類似姓氏的意思（族名），通常開頭會寫「太陽神-拉-之子」。現代歷史學家，以這個名稱當作正式稱呼。如果這誕生名重複出現在兩位法老上，便會在誕生名後給上羅馬數字I、II、III、IV的序號（古埃及文並沒有數字，這是我們現代人加上去的），代表一世、二世，以區別同名的不同人。我們常聽到的克麗奧佩特拉（或「克麗歐佩特拉」），俗稱埃及豔后，但是真正的稱呼應該是「克麗奧佩特拉七世」才對，這表示前面還有六位同名的克麗奧佩特拉呢。

在此，仍以拉美西斯二世（Ramesses II）為例：

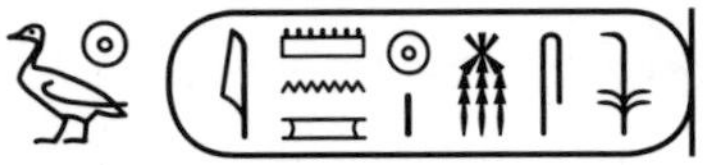

音標：*sˁ-Rˁ, Rˁmessisu mery-ꜣmun*

翻譯：太陽神之子，拉美西斯，受阿蒙神之寵愛。

眾神的名字

神名	英文譯名／別名	古埃及名
阿蒙神	Amun Amon Ammon Amen Amun-Ra	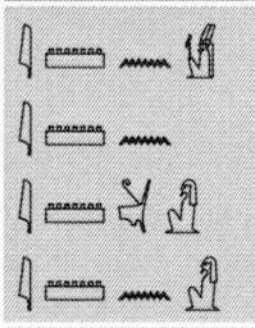
阿瑪烏奈特女神	Amunet Amonet Amaunet	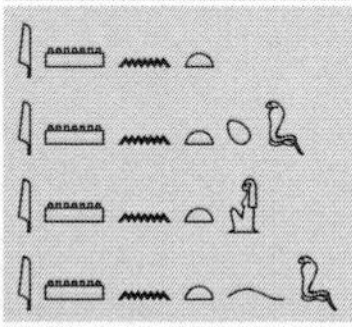
阿蒙內特女神	Amunet Amonet Amaunet Imunet	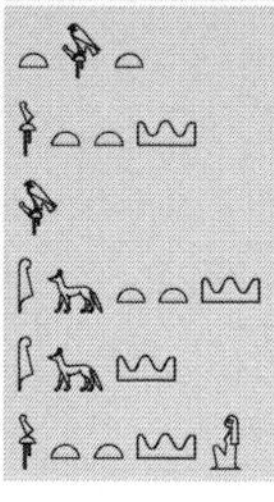

神名	英文譯名／別名	古埃及名
阿米特女神	Ammit Ammut Ahemait	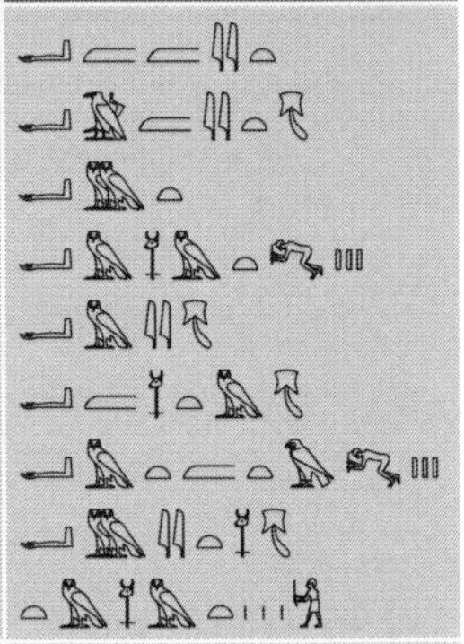
安胡爾神	Anhur An-Her Anhuret Han-Her Inhert Onuris Onouris	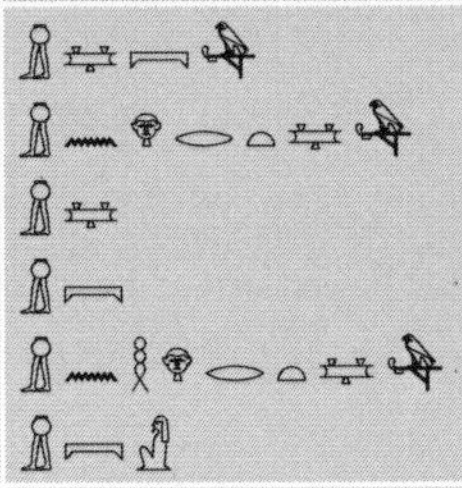
阿努比斯神	Anubis	
阿努凱特女神	Anuket Anqet Anukis	

神名	英文譯名／別名	古埃及名
阿佩普神	Apep	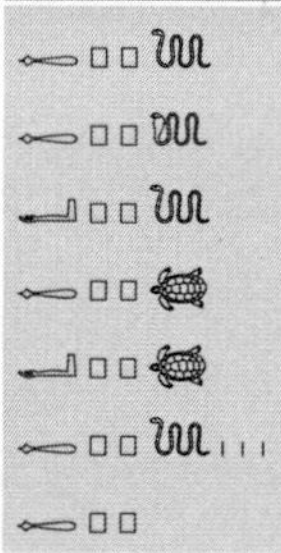
阿圖姆神	Atum Atem Tem	

神名	英文譯名／別名	古埃及名
芭絲特女神	Bastet Bast Baast Ubaste	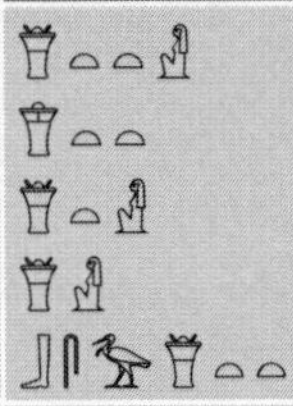
貝斯神	Bes	
多姆泰夫神	Duamutef Tuamutef Thmoomathph	
蓋布神	Geb	
哈索兒女神	Hathor	

神名	英文譯名／別名	古埃及名
哈碧神	Hapi Hapy	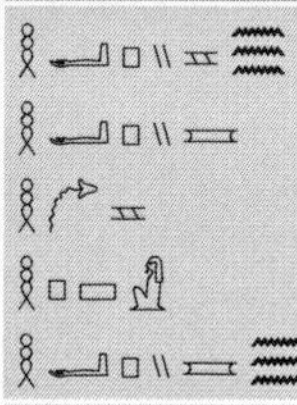
赫卡神	Heka	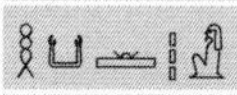
黑蒲神	Hepu Apis Hapis	

神名	英文譯名／別名	古埃及名
海奎特女神	Hket Heqat	
荷魯斯神	Horus	
孩童荷魯斯神	Horusthechild	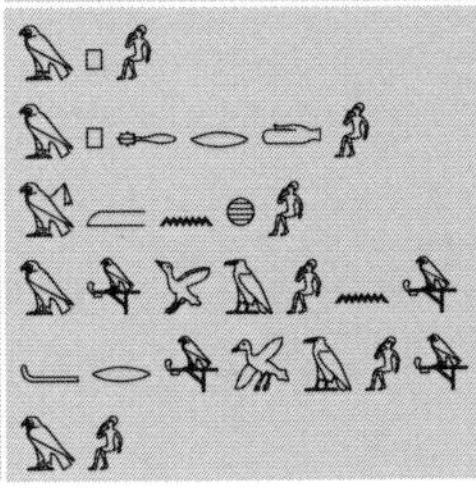

神名	英文譯名／別名	古埃及名
老年荷魯斯神	HorustheElder	
伊西絲女神	Isis	
印和闐神	Imhotep	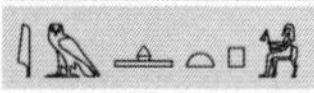
艾姆謝特神	Imset Imsety	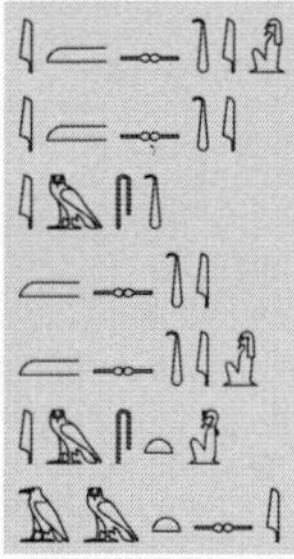
凱貝潔特女神	Kebechet Khebhut Kebehut Qébéhout Kabehchet Kebehwet	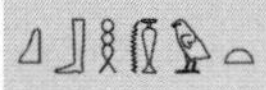

神名	英文譯名／別名	古埃及名
凱布利神	Khepri	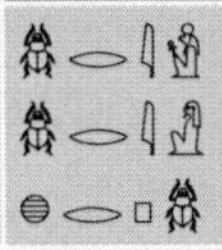
庫努牡神	Khnemu Khnum	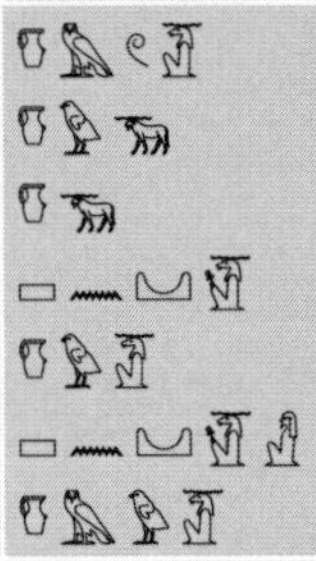
孔斯神	Khonsu Khons Chons	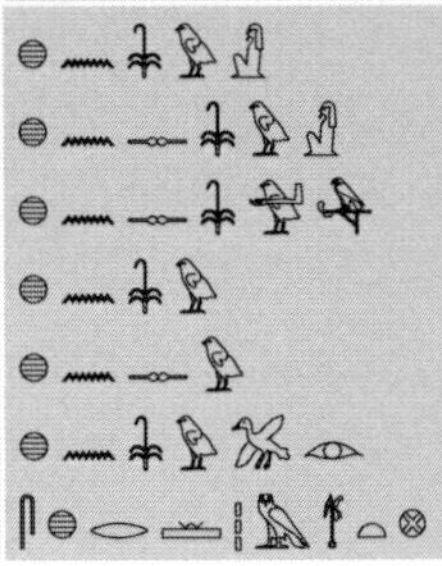

神名	英文譯名／別名	古埃及名
瑪特女神	Maat Ma'at	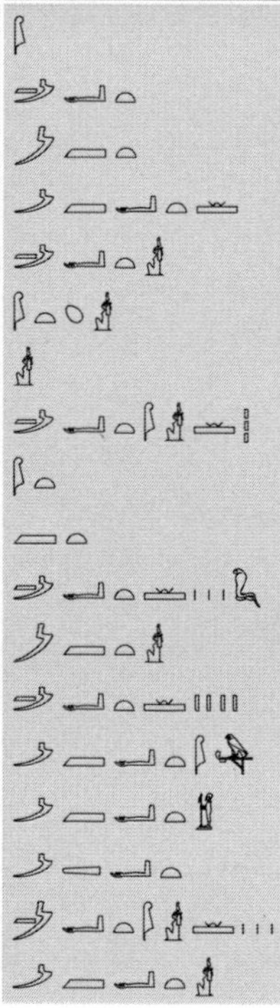

神名	英文譯名／別名	古埃及名
梅斯赫奈特女神	Meskhenet Mesenet Meskhent Meshkent	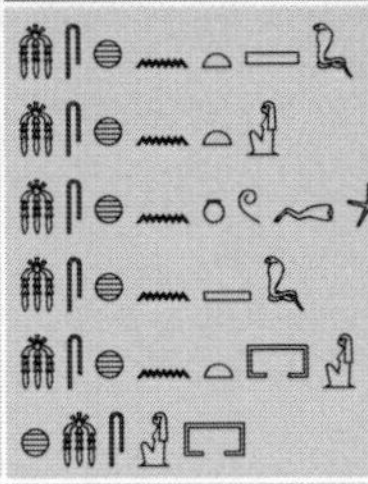
敏神	Min	
姆特女神	Mut	
娜芙蒂絲女神	Nephthys Nebt-het Nebhet	

神名	英文譯名／別名	古埃及名
奈夫頓神	Nefertem Nefertum Nefer-temu	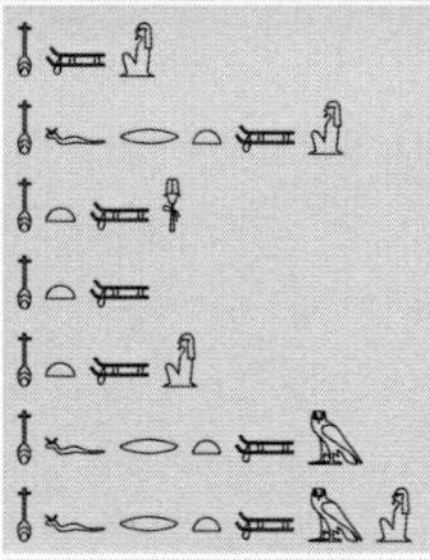
奈荷勃考神	Nehebkau Nehebu-Kau	
娜荷貝特女神	Nekhbet Nekhebet Nechbet	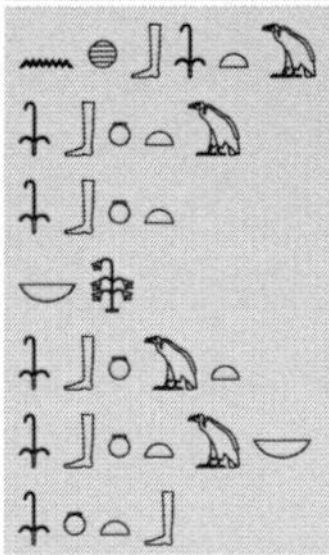

神名	英文譯名／別名	古埃及名
尼絲女神	Neith Neit	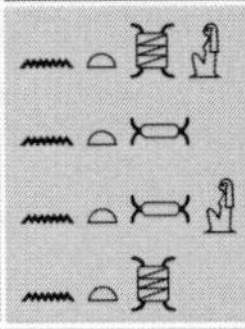
努神	Nu Nun Nenu Nunu	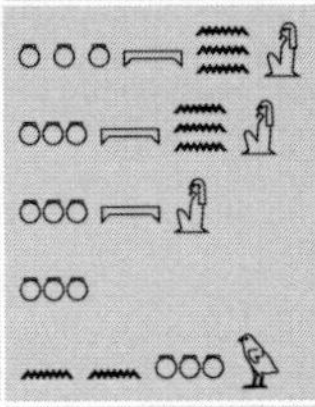
努特女神	Nut Nuit	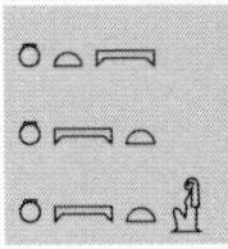
奧西里斯神	Osiris	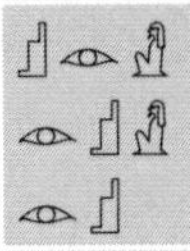
卜塔神	Ptah	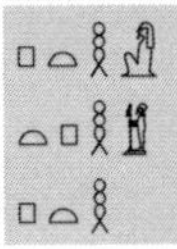

神名	英文譯名／別名	古埃及名
凱布山納夫神	Qebshenuf Kebechsenef Kebehsenuf Qebehsenuf	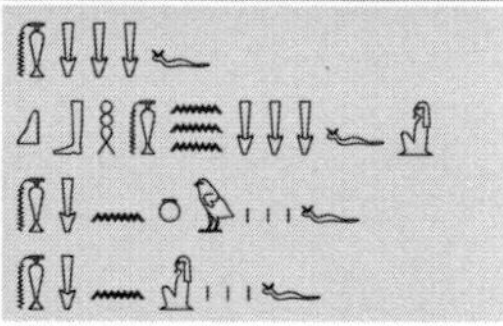
太陽神拉神	Ra Re	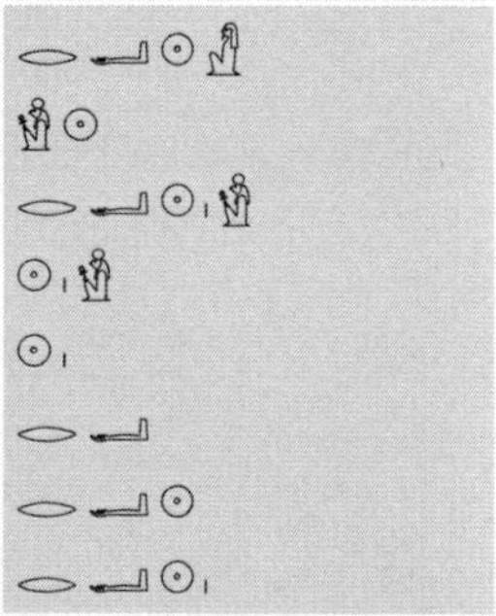
蕊娜紐特女神 列涅努忒女神	Renenutet Ernutet Renenet	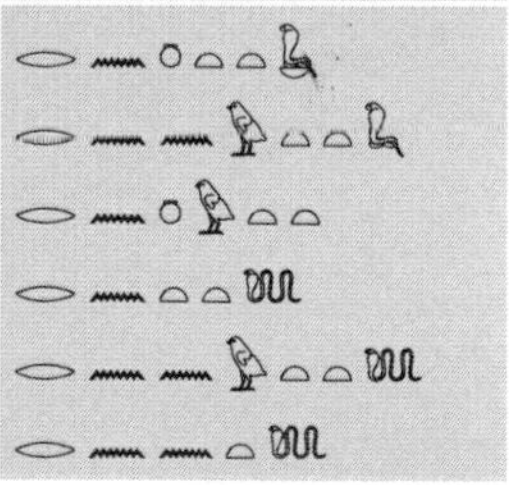

神名	英文譯名／別名	古埃及名
瑞希普神	Reshpu Reshep	
索卡爾神	Seker Sokar	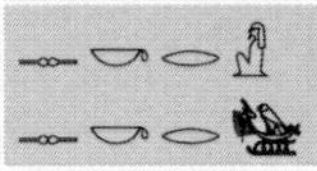
塞赫麥特女神	Sekhmet Sakhmet Sekhet Sakhet	
薩媞特女神	Satet Satis Satjit Sates Sati	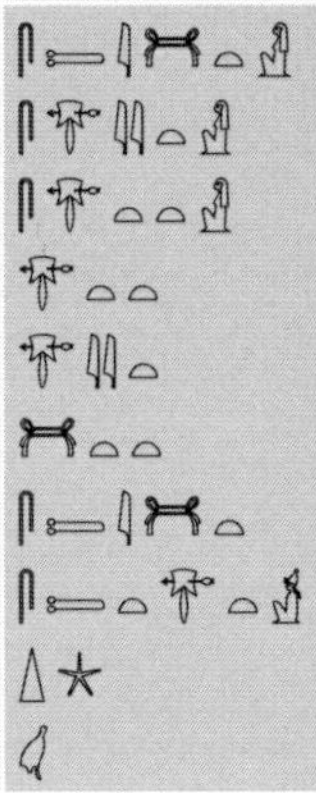

神名	英文譯名／別名	古埃及名
塞克特女神	Serket Serqet Selket Selqet Selcis	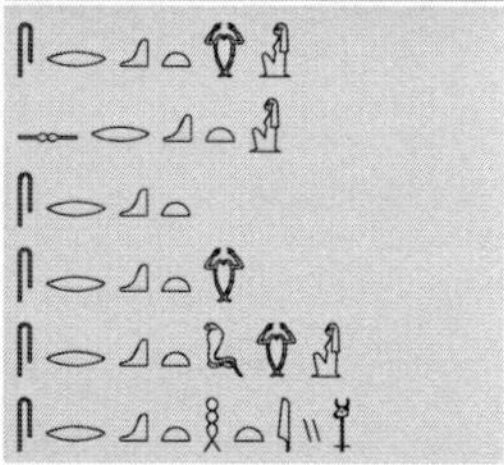
賽特神	Set Seth Suetekh	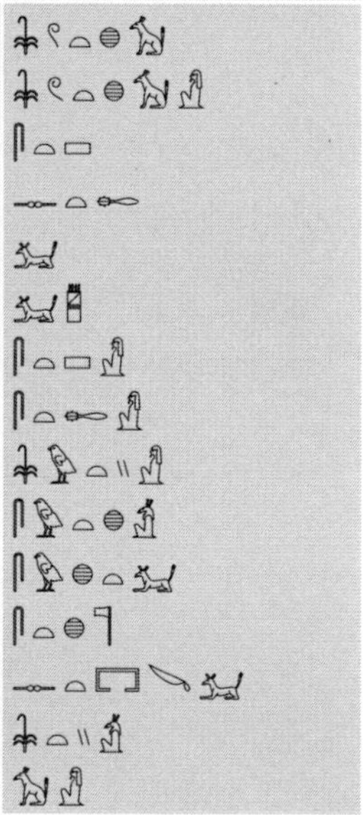

神名	英文譯名／別名	古埃及名
沙神	Shay Shai	
莎斯美特女神	Shezmetet Shesmetet	
沙斯姆神	Shezmu Shesmu	
舒神	Shu	
塞爾凱特女神	Serket Serqet Selket Selqet Selcis	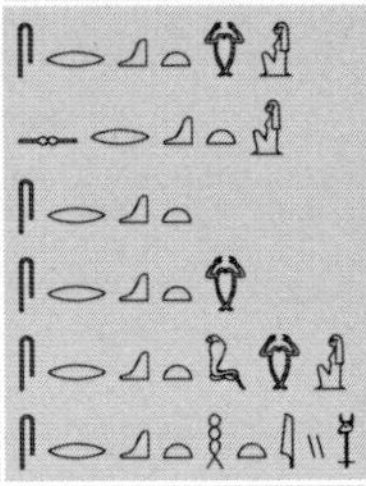
塞莎特女神	Seshat Safkhet	

神名	英文譯名／別名	古埃及名
索貝克神	Sobek Sebek	
索普德特女神	Sopdet Sepdet Sothis	

神名	英文譯名／別名	古埃及名
索普杜神	Sopdu Septu Sopedu	
托特神	Thoth	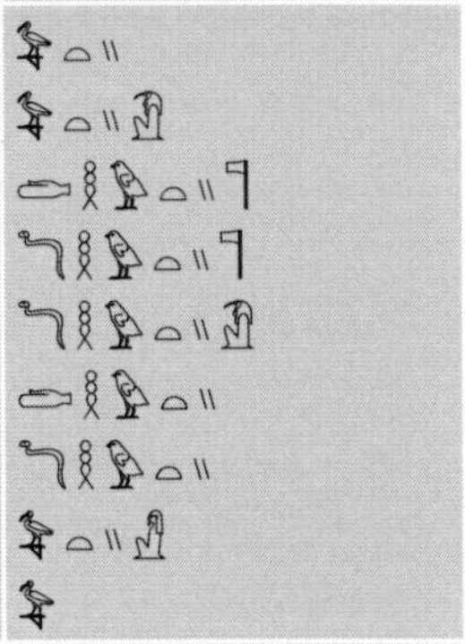
塔威蕾女神	Taweret Tawaret	

神名	英文譯名／別名	古埃及名
泰芙努特女神	Tefnut	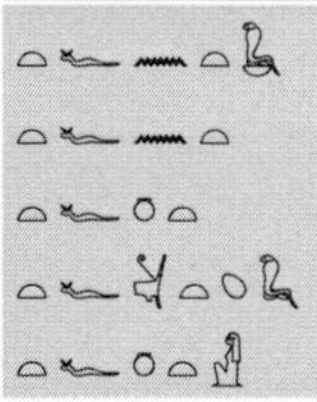
瓦潔特女神	Wadjet Wadjyt	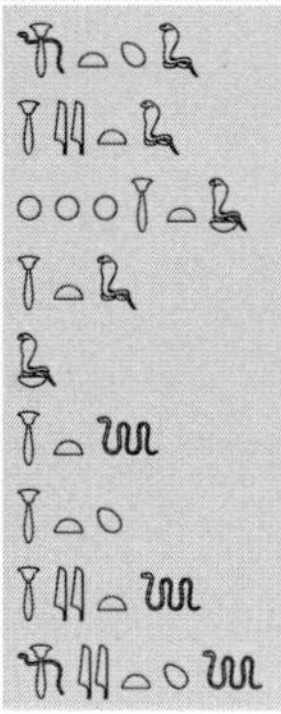

神名	英文譯名／別名	古埃及名
烏普奧特神	Wepwawet	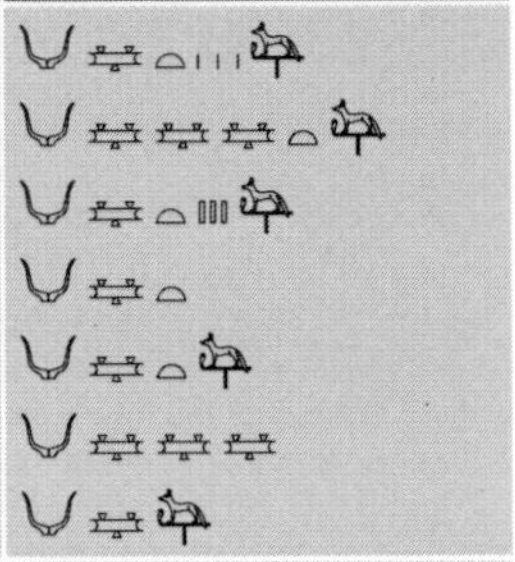
沃斯雷特女神	Wosret	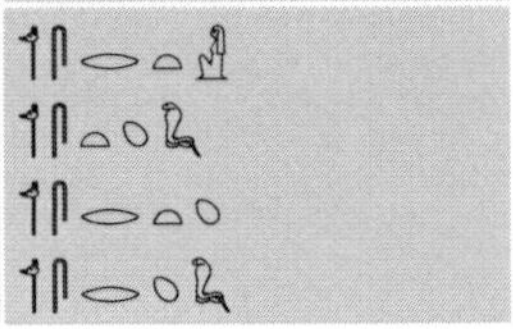

加汀納符號列表與英文代碼速查表
(Gardiner's Sign List and the code)

加汀納符號列表是以符號外觀「型態」為主，將古埃及符號分類成A-Z與Aa共28個分類（NL與NU兩個分類是之後增加的），每一個分類意義如下：

A. 男人與其職業
B. 女人與其職業
C 擬人化的神
D 人的某部分
E 哺乳類
F 哺乳類的部分
G 鳥
H 鳥的部分
I 兩棲類、爬蟲類
K 魚類與其部分
L 無脊椎動物、小動物
M 樹與植物

N　天空、大地、水
NU 上埃及行省（Nome of Upper Egypt）
NL 下埃及行省（Nome of Lower Egypt）
O　建築，或建築物部分
P　船與船的部分
Q　物件與陪葬品
R　廟宇家具和神具
S　冠、衣服、法杖
T　戰爭、狩獵、屠宰
U　農業、器具、專業
V　繩、纖維、籃子、袋子
W　容器、船
X　麵包、糕餅
Y　書寫、音樂、遊戲
Z　條、棍型
Aa 無法分類

這裡所列出的，**並不是所有的古埃及文符號**，但本字典盡量收錄了大部分經常使用的符號。每一個符號都以「符號代碼＋符號」表述，例如：

符號代碼 （Gardiner code）	古埃及文符號 （Hieroglyph sign）
A1	𓀀

在這個範例中，𓀀 符號的「符號代碼」就是A1。

A 男人與其職業

A1

A2

A3

A4

A5

A5a

A6

A6a

A6b

A7

A8

A9

A10

A11

A12

A13

A14

A14a

A15

A16

A17

A17a

A18

A19

A20

A21

A22

A23

A24

A25

A26

A27

A28

A29

A30

A31 

A32 

A32a 

A33 

A34 

A35 

A36 

A37 

A38 

A39 

A40 

A40a 

A41 

A42 

A42a 

A43 

A43a 

A44 

A45 

A45a 

A46 

A47 

A48 

A49 

A50 

A51 

A52 

A53 

A54 

A55 

A56 

A57 

A58 

A59 

A60 

A61 

A62

A63

A64

A65

A66

A67

A68

A69

A70

B 女人與其職業

B1

B2

B3

B4

B5

B5a

B6

B7

B8

B9

C 擬人化的神

C1

C2

C2a

C2b

C2c

C3

C4

C5

C6

C7

C8

C9

C10

C10a

C11

C12

C13

C14

C15

C16

C17

C18

C19

C20

C21

C22

C23

C24

D 人的某部分

D1

D2

D3

D4

D5

D6

D7

D8

D8a

D9

D10

D11

D12

D13

D14

D15

D16

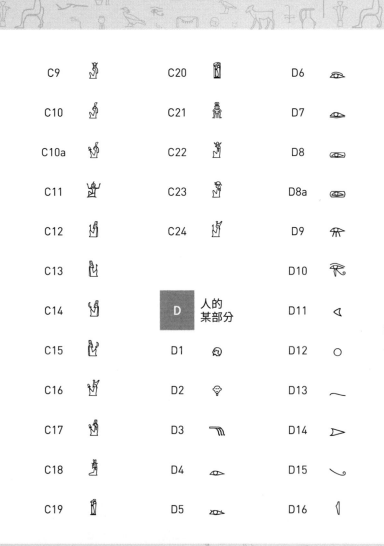

D17

D18

D19

D20

D21

D22

D23

D24

D25

D26

D27

D27a

D28

D29

D30

D31

D31a

D32

D33

D34

D34a

D35

D36

D37

D38

D39

D40

D41

D42

D43

D44

D45

D46

D46a

D47

D48

D48a		D51		D61	
D49		D52		D62	
D50		D52a		D63	
D50a		D53		D64	
D50b		D54		D65	
D50c		D54a		D66	
D50d		D55		D67	
D50e		D56		D67a	
D50f		D57		D67b	
D50g		D58		D67c	
D50h		D59		D67d	
D50i		D60		D67e	

D67f

D67g

D67h

E 哺乳類動物

E1

E2

E3

E4

E5

E6

E7

E8

E8a

E9

E9a

E10

E11

E12

E13

E14

E15

E16

E16a

E17

E17a

E18

E19

E20

E20a

E21

E22

E23

E24

E25

E26

E27 

E28 

E28a 

E29 

E30 

E31 

E32 

E33 

E34 

E34a 

E36 

E37 

E38 

F 哺乳類的部分

F1 

F1a 

F2 

F3 

F4 

F5 

F6 

F7 

F8 

F9 

F10 

F11 

F12 

F13 

F13a 

F14 

F15 

F16 

F17 

F18 

F19 

F20 

F21 

F21a 

F22 

F23 

F24 

F25 

F26 

F27 

F28 

F29 

F30 

F31 

F31a 

F32 

F33 

F34 

F35 

F36 

F37 

F37a 

F38 

F38a 

F39 

F40 

F41 

F42 

F43 

F44 

F45 

F45a 

F46 

F46a 

F47 

F47a 

F48 

Code	Sign
F49	
F50	
F51	
F51a	
F51b	
F51c	
F52	
F53	

G 鳥

Code	Sign
G1	
G2	
G3	
G4	
G5	
G6	
G6a	
G7	
G7a	
G7b	
G8	
G9	
G10	
G11	
G11a	
G12	
G13	
G14	
G15	
G16	
G17	
G18	
G19	
G20	
G20a	
G21	

G22		G33		G43	
G23		G34		G43a	
G24		G35		G44	
G25		G36		G45	
G26		G36a		G45a	
G26a		G37		G46	
G27		G37a		G47	
G28		G38		G48	
G29		G39		G49	
G30		G40		G50	
G31		G41		G51	
G32		G42		G52	

G53	
G54	

H 鳥的部分

H1	
H2	
H3	
H4	
H5	
H6	
H6a	
H7	
H8	

I 兩棲類

I1	
I2	
I3	
I4	
I5	
I5a	
I6	
I7	
I8	
I9	
I9a	
I10	
I10a	
I11	
I11a	
I12	
I13	
I14	
I15	

K	魚類
K1	
K2	
K3	
K4	
K5	
K6	
K7	
K8	

L	無脊椎小動物
L1	
L2	
L2a	
L3	
L4	
L5	
L6	
L6a	
L7	
L8	

M	樹與植物
M1	
M1a	
M1b	
M2	
M3	
M3a	
M4	
M5	
M6	
M7	
M8	

M9	
M10	
M10a	
M11	
M12	
M12a	
M12b	
M12c	
M12d	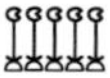
M12e	
M12f	
M12g	
M12h	
M13	
M14	
M15	
M15a	
M16	
M16a	
M17	
M17a	
M18	
M19	
M20	
M21	
M22	
M22a	
M23	
M24	
M24a	
M25	
M26	
M27	
M28	
M28a	
M29	

M30

M31

M31a

M32

M33

M33a

M33b

M34

M35

M36

M37

M38

M39

M40

M40a

M41

M42

M43

M44

N 天空 大地 水

N1

N2

N3

N4

N5

N6

N7

N8

N9

N10

N11

N12

N13

N14

N15

N16

N17

N18

N18a

N18b

N19

N20

N21

N22

N23

N24

N25

N25a

N26

N27

N28

N29

N30

N31

N32

N33

N33a

N34

N34a

N35

N35a

N36

N37

N37a

N38

N39

N40

N41

N42

NL 下埃及行省

NL1

NL2

NL3

NL4

NL5

NL5a

NL6

NL7

NL8

NL9

NL10

NL11

NL12

NL13

NL14

NL15

NL16

NL17

NL17a

NL18

NL19

NL20

NU 上埃及行省

NU1

NU2

NU3

NU4

NU5

NU6

NU7

NU8

NU9

NU10

NU10a

NU11 

NU11a 

NU12 

NU13 

NU14 

NU15 

NU16 

NU17 

NU18 

NU18a 

NU19 

NU20 

NU21 

NU22 

NU22a 

O 建築或其部分

O1 

O1a 

O2 

O3 

O4 

O5 

O5a 

O6 

O6a 

O6b 

O6c 

O6d 

O6e 

O6f 

O7 

O8 

O9 

O10 

O10a 

O10b		O20		O29	
O10c		O20a		O29a	
O11		O21		O30	
O12		O22		O30a	
O13		O23		O31	
O14		O24		O32	
O15		O24a		O33	
O16		O25		O33a	
O17		O25a		O34	
O18		O26		O35	
O19		O27		O36	
O19a		O28		O36a	

O36b

O36c

O36d

O37

O38

O39

O40

O41

O41

O43

O44

O45

O46

O47

O48

O49

O50

O50a

O50b

O51

P 船與船的部分

P1

P1a

P2

P3

P3a

P4

P5

P6

P7

P8

P9

P10

P11

Q 物件與陪葬品

Q1 

Q2 

Q3 

Q4 

Q5 

Q6 

Q7 

R 廟宇家具神具

R1 

R2 

R2a 

R3 

R3a 

R3b 

R4 

R5 

R6 

R7 

R8 

R9 

R10 

R10a 

R11 

R12 

R13 

R14 

R15 

R16 

R16a 

R17 

R18 

R19 

R20 

R21 

R22

R23

R24

R25

R26

R27

R28

R29

S 冠 衣服 法杖

S1

S2

S2a

S3

S4

S5

S6

S6a

S7

S8

S9

S10

S11

S12

S13

S14

S14a

S14b

S15

S16

S17

S17a

S18

S19

S20

S21

S22 

S23 

S24

S25 

S26 

S26a 

S26b 

S27 

S28 

S29 

S30 

S31 

S32 

S33 

S34 

S35 

S35a 

S36 

S37 

S38 

S39 

S40 

S41 

S42 

S43 

S44 

S45 

S46 

T 戰爭 狩獵 屠宰

T1

T2 

T3 

T3a 

T4 

T5 

T6		T14		T25	
T7		T15		T26	
T7a		T16		T27	
T8		T16a		T28	
T8a		T17		T29	
T9		T18		T30	
T9a		T19		T31	
T10		T20		T32	
T11		T21		T32a	
T11a		T22		T33	
T12		T23		T33a	
T13		T24		T34	

T35

T36

U 農業器具專業

U1

U2

U3

U4

U5

U6

U6a

U6b

U7

U8

U9

U10

U11

U12

U13

U14

U15

U16

U17

U18

U19

U20

U21

U22

U23

U23a

U24

U25

U26

U27

U28

U29

U29a

U30

U31

U32

U32a

U33

U34

U35

U36

U37

U38

U39

U40

U41

U42

V 繩 纖維 籃與袋

V1

V1a

V1b

V1c

V1d

V1e

V1f

V1g

V1h

V1i

V2

V2a

V3

V4

V5

V6

V7

V7a

V7b

V8

V9

V10

V11

V11a

V11b

V11c

V12

V12a

V12b

V13

V14

V15

V16

V17

V18

V19

V20

V20a

V20b

V20c

V20d

V20e

V20f

V20g

V20h

V20i

V20j

V20k

V20l

V21

V22

V23

V23a

V24

V25

V26	
V27	
V28	
V28a	
V29	
V29a	
V30	
V30a	
V31	
V31a	
V32	
V33	
V33a	
V34	
V35	
V36	
V37	
V37a	
V38	
V39	
V40	
V40a	

W 容器 船

W1	
W2	
W3	
W3a	
W4	
W5	
W6	
W7	
W8	
W9	
W9a	

W10

W10a

W11

W12

W13

W14

W14a

W15

W16

W17

W17a

W18

W18a

W19

W20

W21

W22

W23

W24

W24a

W25

X 麵包糕餅

X1

X2

X3

X4

X4a

X4b

X5

X6

X6a

X7

X8

X8a 

Y 書寫音樂遊戲

Y1 

Y1a 

Y2

Y3 

Y4 

Y5 

Y6 

Y7 

Y8 

Z 條棍型

Z1

Z2 

Z2a 

Z2b 

Z2c 

Z2d 

Z3

Z3a 

Z3b 

Z4 

Z4a 

Z5 

Z5a 

Z6 

Z7 

Z8 

Z9 

Z10 

Z11 

Z12 

Z13 

Z14 

Z15

Z15a

Z15b

Z15c

Z15d

Z15e

Z15f

Z15g

Z15h

Z15i

Z16

Z16a

Z16b

Z16c

Z16d

Z16e

Z16f

Z16g

Z16h

Aa 無法分類

Aa1

Aa2

Aa3

Aa4

Aa5

Aa6

Aa7

Aa7a

Aa7b

Aa8

Aa9

Aa10

Aa11

Aa12

Aa13

Aa14

Aa15	𓐝	Aa27	𓐩
Aa16	𓐞	Aa28	𓐪
Aa17	𓐟	Aa29	𓐫
Aa18	𓐠	Aa30	𓐬
Aa19	𓐡	Aa31	𓐭
Aa20	𓐢	Aa32	𓐮
Aa21	𓐣		
Aa22	𓐤		
Aa23	𓐥		
Aa24	𓐦		
Aa25	𓐧		
Aa26	𓐨		

古埃及文的發音符號

單音節符號列表（1- Consonant signs）

符號（Sign）			傳統音譯（transliteration）	
古埃及文符號與代號		符號畫什麼[1]	音標（Transcription）	唸法
𓄿	G1	埃及兀鷹	*ꜣ*	a
𓇋	M17	開花蘆葦	*i*	i/a
𓇌	M17a	兩個開花蘆葦	*y*	y
𓏭	Z4	兩根棍子	*y*	y
𓂝	D36	前臂	*ꜥ*	ɑ
𓅱 或 𓏲	G43 或 Z7	鵪鶉	*w*	w/u
𓃀	D58	小腿	*b*	b

[1] 「符號畫什麼」表示該符號是在畫什麼，並非指這符號的意義，單一符號使用時未必有意義。

符號 (Sign)			傳統音譯 (transliteration)	
古埃及文符號與代號		符號畫什麼	音標 (Transcription)	唸法
𓊪	Q3	蘆葦席或凳子	*p*	p
𓆑	I9	有角的蛇	*f*	f
𓅓	G17	貓頭鷹	*m*	m
𓈖	N35	水波紋	*n*	n
𓂋	D21	嘴	*r*	r
𓉔	O4	蘆葦棚或庭院	*h*	h
𓎛	V28	交纏的亞麻繩 或燈芯	*ḥ*	h
𓐍	Aa1	篩、胎盤 或罐子底	*ḫ*	kh
𓄡	F32	毛皮（動物的） 或是動物肚子 與尾巴	*ẖ*	kh

符號 (Sign)			傳統音譯 (transliteration)	
古埃及文符號與代號		符號畫什麼	音標 (Transcription)	唸法
𓋴	S29	衣服（折）	*s*	s
𓊃	O34	門閂	*s*	s
𓈙 𓈚 𓈛	N37 N38 N39	水池	*š*	sh
𓈎	N29	斜坡	*ḳ*	k
𓎡	V31	有把手的籃子	*k*	k
𓎼	W11	陶土罐、罐子座	*g*	g
𓏏	X1	麵包	*t*	t
𓍿	V13	豢養用繩子	*ṯ*	tj
𓂧	D46	手	*d*	d
𓆓	I10	眼鏡蛇	*ḏ*	j

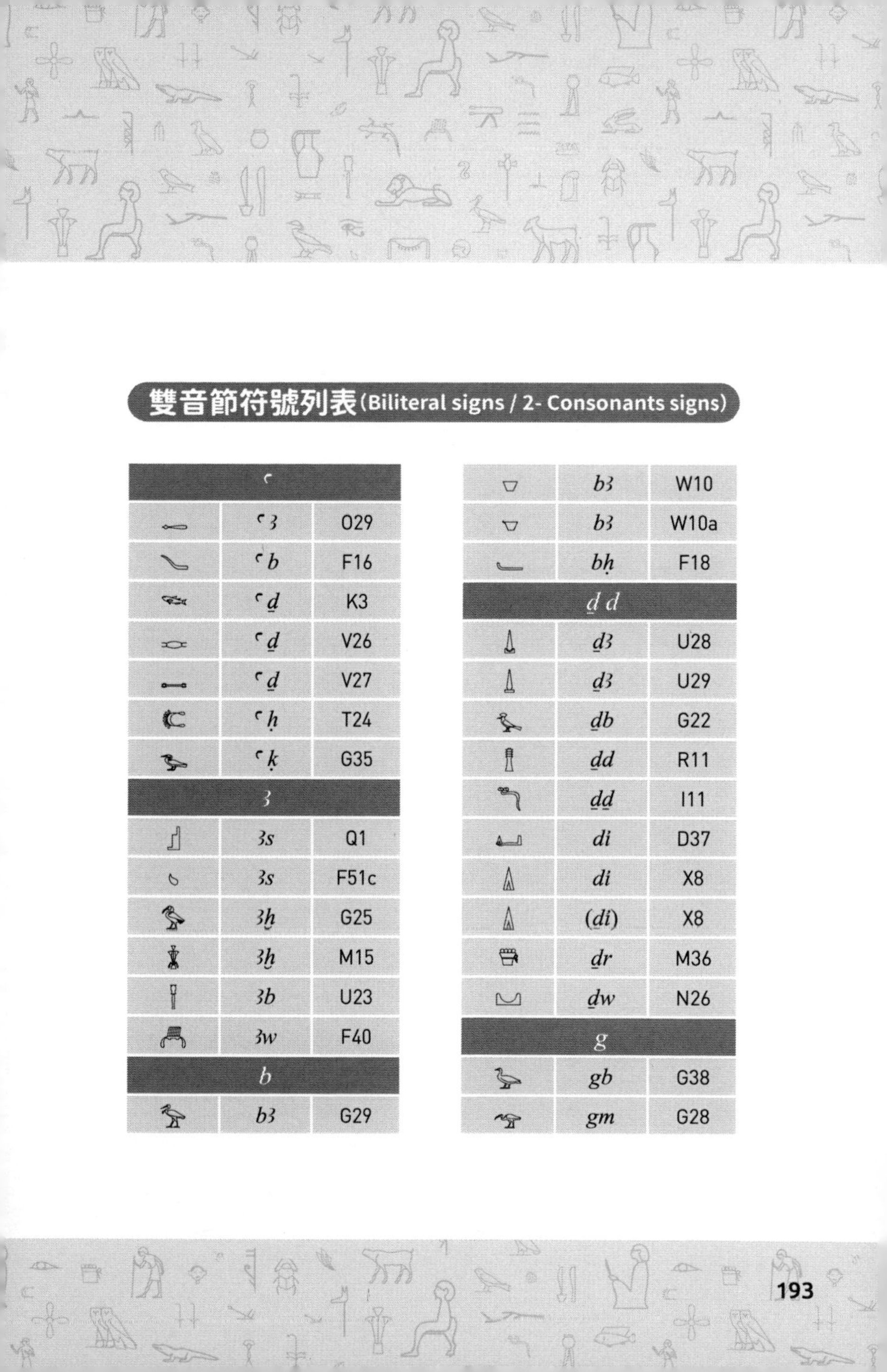

雙音節符號列表(Biliteral signs / 2- Consonants signs)

	ꜥ	
	ꜥꜣ	O29
	ꜥb	F16
	ꜥḏ	K3
	ꜥḏ	V26
	ꜥḏ	V27
	ꜥḥ	T24
	ꜥḳ	G35
	ꜣ	
	ꜣs	Q1
	ꜣs	F51c
	ꜣḫ	G25
	ꜣḫ	M15
	ꜣb	U23
	ꜣw	F40
	b	
	bꜣ	G29

	bꜣ	W10
	bꜣ	W10a
	bḥ	F18
	ḏ d	
	ḏꜣ	U28
	ḏꜣ	U29
	ḏb	G22
	ḏd	R11
	ḏḏ	I11
	di	D37
	di	X8
	(ḏi)	X8
	ḏr	M36
	ḏw	N26
	g	
	gb	G38
	gm	G28

	gs	Aa13
	gs	Aa16
ḥ h		
	ḥꜣ	M16
	hb	U13
	ḥḏ	T3
	ḥḏ	T4
	ḥm	N42
	ḥm	U36
	ḥn	M2
	ḥn	U8
	ḥn	V36
	ḥp	Aa5
	ḥr	D2
	ḥr	N31
	ḥw	F18
	ḥz	W14
i		
	ib	E8
	ib	F34
	iḥ	T24
	ik	A19
	im	Aa13
	im	Z11
	in	A27
	in	K1
	in	W24
	in	W25
	ir	A48
	ir	D4
	it	I3
	iṯ	V15
	iw	D54
	iw	E9
	iz	M40
k		
	kꜣ	D28
	km	I6

	kp	R5
	m	
	m3	U1
	md	S43
	mḥ	V22
	mi	D36
	mi	D38
	mi	N36
	mi	W19
	mm	G18
	mn	T1
	mn	Y5
	mr	N36
	mr	O5
	mr	U6
	mr	U23
	ms	F31
	mt	D52
	mt	G14

	mw	N35a
	n	
	nb	V30
	nḏ	Aa27
	nḥ	G21
	ni	D35
	ni	D41
	nm	O5
	nm	T34
	nm	T35
	nn	M22a
	nr	H4
	ns	F20
	nw	U19
	nw	W24
	p	
	p3	G40
	p3	G41
	pḏ	T9

	pd	D56
	pḥ	F22
	pr	O1
ḳ		
	ḳd	Aa28
	ḳn	Aa8
	ḳs	T19
r		
	rs	T13
	rw	E23
s š		
	sꜣ	Aa17
	sꜣ	Aa18
	šꜣ	H7
	šꜣ	M8
	sḏ	Z9
	šd	F30
	sk	V29
	šm	N40

	sn	T22
	šn	V1
	šn	V7
	šs	V6
	st	F29
	st	Q1
	sṯ	S22
	sw	M23
	šw	H6
ṯ t		
	ṯꜣ	G47
	tꜣ	N16
	tꜣ	N17
	tꜣ	U30
	ti	U33
	tm	U15
	tp	D1
	tp	T8
	tr	M6

	w	
	wꜣ	V4
	wꜥ	T21
	wḏ	M13
	wḏ	V24
	wḏ	V25
	wn	E34
	wn	M42
	wp	F13
	wr	G36
	ws	F51c
	ws	Q1
	ws	Q2
	ẖ ḫ	
	ẖꜣ	K4
	ḫꜣ	L6
	ḫꜣ	M12
	ḫꜥ	N28
	ḫm	R22
	ẖn	D33
	ẖn	F26
	ẖr	T28
	ḫt	M3
	ḫw	D43
	z	
	zꜣ	G39
	zꜣ	V16
	zꜣ	V17
	zp	O50

三音節符號列表（Trilateral signs / 3- Consonants signs）

	iwn	O28
	isw, swt	F44
	ꜥwt	S39
	ꜥpr	Aa20
	ꜥnḫ	S34
	ꜥḥꜥ	P6
	ꜥšꜣ	I1
	wꜣẖ	V29
	wꜣs	S40
	wꜣḏ	M13
	wꜥb	D60
	wẖm	F25
	wsr	F12
	mꜣꜥ	Aa11
	nbw	S12
	nfr	F35
	nṯr	R8
	rwḏ	T12
	ẖḳꜣ	S38
	ẖtp	R4
	ḫpr	L1
	ḫnt	W17
	ḫrp	S42
	ḫrw	P8
	ḫsf	U34
	ḥnm	W9
	sbꜣ	N14
	spr	F42
	zmꜣ	F36
	snb	S29
	snḏ	G54
	sšm	T31
	stp	U21
	sḏm	F21
	šps	A50
	šmꜥ	M26
	šms	T18
	grg	U17
	ḏbꜣ	T25

釀語言15　PD0087

古埃及文字典

作　　者	薛良凱
初期編校	薛　堤
後期編校	梁東燕
古埃及文字型轉換	薛良斌
責任編輯	張慧雯、姚芳慈
圖文排版	莊皓云
封面設計	劉肇昇

出版策劃	釀出版
製作發行	秀威資訊科技股份有限公司 114 台北市內湖區瑞光路76巷65號1樓 電話：+886-2-2796-3638　傳真：+886-2-2796-1377 服務信箱：service@showwe.com.tw http://www.showwe.com.tw
郵政劃撥	19563868　戶名：秀威資訊科技股份有限公司
展售門市	國家書店【松江門市】 104 台北市中山區松江路209號1樓 電話：+886-2-2518-0207　傳真：+886-2-2518-0778
網路訂購	秀威網路書店：https://store.showwe.tw 國家網路書店：https://www.govbooks.com.tw
法律顧問	毛國樑　律師
總 經 銷	聯合發行股份有限公司 231新北市新店區寶橋路235巷6弄6號4F 電話：+886-2-2917-8022　傳真：+886-2-2915-6275

出版日期	2022年4月　BOD一版
定　　價	380元

讀者回函卡

Printed in Taiwan

國家圖書館出版品預行編目

古埃及文字典 = Fox Concise Egyptian hieroglyphic-Chinese Dictionary / 薛良凱作. -- 一版. -- 臺北市 : 釀出版, 2022.04
面； 公分. -- (釀語言 ; 15)
簡明版
BOD版
ISBN 978-986-445-648-2(平裝)

1. CST: 古埃及語 2. CST: 字典

807.4131 111004358